せいぎとびしょう

正义与微笑

[日] 太宰治 著

朱航 译

中国出版集团　现代出版社

图书在版编目（CIP）数据

正义与微笑／（日）太宰治著；朱航译. —北京：现代出版社，2023.4

ISBN 978-7-5231-0115-5

Ⅰ. ①正… Ⅱ. ①太…②朱… Ⅲ. ①长篇小说—日本—现代 Ⅳ. ①I313.45

中国国家版本馆CIP数据核字（2023）第031916号

正义与微笑

作　　者：［日］太宰治

译　　者：朱　航

责任编辑：申　晶

出版发行：现代出版社

通信地址：北京市安定门外安华里504号

邮政编码：100011

电　　话：010-64267325　64245264（兼传真）

网　　址：www.1980xd.com

印　　刷：固安兰星球彩色印刷有限公司

开　　本：880mm×1230mm　1/32

印　　张：6.25

字　　数：103千字

版　　次：2023年4月第1版

印　　次：2023年4月第1次印刷

书　　号：ISBN 978-7-5231-0115-5

定　　价：49.80元

脚力尚孱弱　　山路险且长

无力登高峰　　驻足山麓间

高歌伴乐尽　　心意曲中藏

喜得闻志者　　鹏程万里翔

赞歌诗第一百五十九

四月十六日。星期五。

风很大。东京的春天，干燥的风刮得猛烈，让人不太愉快。灰尘甚至袭入房间，桌子上粗糙不平，脸上也都是灰尘，心情也很郁闷。写完这个，就去泡澡吧。我感觉灰尘都悄悄进到背里了，真是受不了。

我要从今天开始写日记。因为不知道为什么，我感觉最近度过的每一日，都有一种非常重要的感觉。人的人格是在十六岁到二十岁塑造的，好像是卢梭①还是谁说过这句话，或许是这么回事。我已经十六岁了。一到十六岁，我这个人就哗啦一声发生了变化。其他的人不会注意到，因为这是所谓的形而上的变化。实际上到了十六岁，山、海、花、街道上的人、蓝天，都会看起来截然不同。我也稍微开始了解恶的存在，能模糊地预感到这世上实际存在很多困难的问题。所以，这段时间我每天都很不痛快，变得非常易怒。据说一旦吃下了智慧的果实，人类就会失去笑容。以前我很擅长在恶作剧里故意做出一些愚蠢的失败，来逗笑家里所有的人，但这段时间，我开始觉得这种出洋相的行为很愚蠢。扮丑角逗人笑，是卑微的男人才会做的事情。上演一出滑稽好戏，让别人喜爱自己，那种孤独感让人无法忍受。空虚。人要更加认真生活才是。男人如果想着如何要让别人喜爱自己什么的是不行的，男人应该努力获得别人的尊敬。这段时间我的表情异常凝重。因为太过凝重，哥哥终于在昨天晚上向我提出了忠告。

---

① 卢梭：让—雅克·卢梭（1712—1778），法国18世纪启蒙思想家、哲学家、教育家、文学家，民主政论家和浪漫主义文学流派的开创者，启蒙运动代表人物之一。主要著作有《爱弥儿》《忏悔录》等。

"进，你变得特别稳重了不是吗？突然上了年纪呢。"（昨天）晚饭之后，哥哥笑着对我说。

我深刻考虑了以后，这样回答道："困难的人生问题，有很多。我从今以后要战斗下去。比如，关于学校的考试制度等。"

我正要开始说，哥哥忍不住笑了起来。

"知道了哦，也不用像这样每天沉着个脸铆着个劲吧。这段时间看着也稍微瘦了些。等会儿我给你念马太第六章①。"

很好的哥哥。四年前他进了帝大的英文系，但是还没毕业。留过一次级，但哥哥并不在意。哥哥不是因为脑子不好使所以才留级的，我认为这绝对不是哥哥的耻辱，哥哥是出于正义之心才留级的。一定是这样。对哥哥来说，学校什么的太无聊了，每天晚上他都彻夜写着小说。

昨天晚上我让哥哥给我读了马太第六章的十六节以后的内容，那是非常重要的思想。我羞耻于自己现在的不成熟，脸红了。为了不忘记这么重要的内容，所以我要在这里把这份教导抄写下来。

"你们在禁食之时，不可像那伪善的人一样，脸上带着愁

---

① 马太第六章：马太福音第六章。马太福音，《圣经》新约的一卷书。

003

容。他们把脸色故意弄得难看，希望人们知道他们在禁食。我是在告诉你们：他们已经得了他们的赏赐。你禁食的时候要梳头洗脸，不叫人看出你禁食来，只叫你暗中的父看见。你父在暗中察看，必然报答你。"

很微妙的思想。比起这个来，我简直是单纯得不像话。马大哈、多事鬼。反省，要反省。

"用微笑完成正义！"

我想出来了一句好格言。写到纸上，贴到墙上吧。啊啊，不行。马上就那样"想为人所知"地贴到墙上，我可能是个很严重的伪善者，必须好好注意。有说法说人格是十六岁到二十岁决定的，现在真的是关键时期。

一是为了帮助我统一混沌的思想，二是成为我日常生活反省的资料，还有一个是作为我青春令人怀念的记录，把十年、二十年后，我一边拧着浓密的胡须，一边偷偷读着、暗自嬉笑的画面作为目标，就从今天开始写日记吧。

但是，也不能太严肃，不能过于"稳重"。

用微笑完成正义！很爽朗的句子。

以上就是我日记的开卷第一页。

接着我想再稍微写一下学校里发生的事情，但是天啦，灰尘太多了，都哗啦啦地跑到嘴里来了，实在难以忍受。去泡澡吧，回头再慢慢写。可是我又突然意识到，什么嘛，没有谁把你当回事嘛。这么一想就很灰心。谁也不会读的日记，装腔作势地写了，也只会留下寂寞的滋味。智慧的果实让我明白了愤怒，还有孤独。

今天从学校回来的时候，和木村一起去吃了红豆。不，这个明天再写吧。木村也是个孤独的男人啊。

四月十七日。星期六。

风停了，但是早上阴沉沉的，中午稍微下了点儿雨，然后又一点点地放晴了，夜晚月亮出来了。今晚先重读了一下昨天的日记，我觉得很不好意思，实在是拙劣，脸都红了。十六岁的烦恼，一点儿也没在书写里表现出来。文章不仅不流畅，而且本人的思想是很幼稚的。实在是没办法。现在我突然意识到了一件事，为什么我会在四月十六日这个不上不下的日子开始写日记呢？我自己也不清楚。不可思议。之前我就想着要开始写日记了，可能是前天哥哥教给了我一个妙语佳句，因此兴奋地下定决心，好，就从明天开始。十六岁的十六日，马太第六章的十六节，这些都不过是偶然的巧合。因为无聊的巧合而觉得高兴，那可真是太不像样了。再考虑得深入一些吧。对了！我懂了一些了。秘密并不在于十六日这样的日期，而是存在于星期五本身吧。我是在星期五这样的日子，可以神奇地进行深入思考的男人。从以前开始我就有这样的习惯。（星期五）是让人心里感到非常发痒的日子，这一天对基督教来说是非常不幸的日子①，因此在国外是不吉利的日子，似乎是被人厌恶的。我虽然不会特别效仿外国人那样迷信，但也没办法若无其事地度过这一天。对啊，我是喜欢这一天的。我大概有喜爱不幸的倾向。一定是这样的。虽然似乎不是什么了不起的事情，但这却是重大的发现。这种憧憬不幸的毛病，可能会在将来，形成我人格的主要部分。这样一想，不知怎的令人有点儿不安，感觉没什么好事会发生，净想到一些无聊的事情。但是没办法，这就是事实——发现真理，必定不会与人快乐，智慧的果实是很苦的。

那今天就必须来写木村的事情了，其实我是不愿意的。简单来说，我昨天对他佩服得简直五体投地。木村是学校出了名的不良少年，留了好几次级，应该已经十九岁了。我迄今为止

① 不幸的日子：因为耶稣是星期五被钉死在十字架上的。

没有跟他好好讲过话，昨天放学回来的路上，却被木村拽着去吃年糕小豆汤，吃着红豆，我们第一次交换了人生观。

出人意料的是，木村很爱学习。他在读尼采①。因为哥哥还没有教过我任何尼采的事，所以我什么都不知道，很是惭愧。我虽然讲了《圣经》，还有芦花②，也没能比过他。木村在生活里充分践行自己的思想，所以才厉害。根据木村的说法，尼采的思想是和希特勒③有所联结的，至于联结的原因，木村为我做了各种各样哲学上的说明，但我却一个也没弄明白。木村确实很用功。我觉得这个朋友很了不起，想和他更深入地交流。他来年就要考陆军军官学校了，这也和尼采主义有关系吧。不过，据说陆军军官学校非常难考，可能考不上。

"还是放弃吧。"我小声地这么一说，木村目光炯炯地瞪了我一眼，眼神很可怕。为了不输给木村，我也要多用功了。我那个时候决定，要记一千个英文单词，然后从头开始学习代数和几何。虽然我敬佩木村思想的高深，但是不知为何，却不想

---

① 尼采：弗里德里希·威廉·尼采（1844—1900），哲学家、思想家、诗人。
② 芦花：德富芦花（1868—1927），日本近代著名社会派小说家。1885 年皈依基督教，1898 年发表小说《不如归》而闻名。
③ 希特勒：阿道夫·希特勒（1889—1945），纳粹德国元首、总理，纳粹党党魁，第二次世界大战的发动者。

阅读尼采。

今天是星期六。我在学校一边听修身课①，一边心不在焉地望着窗外。窗外开得那么好看的樱花，大部分都已经凋落了，现在只有红黑色的花萼不怀好意地留在枝头。我考虑了很多。前天我说"有很多困难的人生问题"，又说漏嘴"比如关于学校的考试制度等"，虽然被哥哥识破了，但我这段时间的忧愁，可能并不是别的什么，只在于来年的一高②考试。啊，讨厌考试。人的价值，仅仅凭借这一两小时的考试就被迅速决定，实在是很可怕，是冒犯神的事情，考官都会去地狱吧。哥哥是在高看我，说着没关系，中学读了四年去考就能通过的，可我自己一点自信也没有。但我实在厌烦了中学生活，就算明年一高没过，我也打算赶紧升入哪里的某个有希望的大学预科。接下来，我得树立一生不变的目标，向前迈进，但这是个困难的问题。到底应该如何是好，我完全不清楚，只会哭丧着脸，感到为难。虽然从小学开始老师就告诉我们"要成为了不起的人物"，没有比这更敷衍的话了吧。我不明白这说的是什么意思。这是在捉

---

① 修身课："二战"前日本在小学、中学设置的道德教育课程。
② 一高：第一高等学校，亦称旧制一高，旨在为国家培育精英的地方，是现在东京大学教养学部、千叶大学医学部的前身。这里所指的一高，具体应是东京大学（当时名称为东京帝国大学）的预科。

弄人，完全不负责任。我已经不是孩子了，也一点点明白这世上生活的艰辛了。就算是中学的老师，他们背地里的生活好像也是很凄惨的。漱石①的《少爷》里，不也是这样一五一十地写着的吗？有借高利贷的人，也有被夫人大声指责的人吧。甚至有像人生失败者的可怜老师，学识看起来也没有很出色。这样无趣的人一直一直重复着无关紧要的、高大上的训导，自己毫无根据却喋喋不休，所以我们才厌恶起学校来。至少，如果能教授更加具体的切身方针，对我们该有多大的帮助哇。如果老师能不加修饰地讲出自己的失败经验等，我们一定会深有感触，但他们却总是啰唆地重复着尽人皆知的道理，权利和义务的定义呀，大我和小我的区别什么的。今天的修身课尤其无聊。讲到英雄和小人的话题，金子老师只是一个劲儿地赞美拿破仑②和苏格拉底③，痛骂市井小人的卑微凄惨，这样根本无济于事。不

---

① 漱石：夏目漱石（1867—1916），日本近代作家，在日本近代文学史上享有很高的地位。代表作有《我是猫》《少爷》《三四郎》《心》等。

② 拿破仑：拿破仑·波拿巴（1769—1821），即拿破仑一世（Napoléon I），19世纪法国伟大的军事家、政治家，法兰西第一帝国的缔造者。

③ 苏格拉底：苏格拉底（前469—前399），是希腊语（雅典）哲学的创始人之一。苏格拉底对艺术，文学和大众文化的描述使他成为西方哲学传统中最广为人知的人物之一。他没有留下作品，主要通过他后来的古典作家的著作而闻名，柏拉图的对话是苏格拉底从古代生存下来的最全面的叙述之一。他在后来的古代和近代对哲学家产生了强烈的影响。

是人人都能成为拿破仑和米开朗琪罗①，在小人物日常生活的苦闷中，应该也有令人尊重的东西。金子老师的话，总是如此以偏概全，一点儿也不像话。这样的人，实为俗物。啊，老师被学生同情可算完了。真的，这个人迄今为止，什么都没有教给过我。而我来年必须决定选理科或文科了！事态紧迫，简直事关重大。我很迷茫，不知如何是好。我在学校迷迷糊糊听着金子老师没有内容的教学，情不自禁地怀念起去年分开的黑田老师了，这种怀念的感觉令人心焦。那位老师确实是有点什么区别于人的东西的。首先就是很能说会道，男子气概十足，做事干脆利落，可以说他是整个中学尊重的对象。某次英语课时，老师安静地翻译完《李尔王》②的章节，冷不防地开了口，语调突然变化，仿佛咬牙切齿般说了些话，总之，就是用了一种很粗鲁生硬的语调。因为他毫无预兆地突然开了口，所以我们大家都吃了一惊。

"就此告别吧，真是变化无常。实际上教师和学生的关系什

---

① 米开朗琪罗：米开朗琪罗·博那罗蒂（1475—1564），又译"米开朗基罗"，意大利文艺复兴时期伟大的绘画家、雕塑家、建筑师和诗人，文艺复兴时期雕塑艺术最高峰的代表，他的风格影响了几乎三个世纪的艺术家。与拉斐尔·桑西和达·芬奇并称为文艺复兴后三杰。代表作有《大卫》《创世记》等。
② 《李尔王》：威廉·莎士比亚创作的戏剧，是其四大悲剧之一。故事讲述了年事已高的国王李尔王退位后，被大女儿和二女儿赶到荒郊野外，成为法兰西皇后的三女儿率军救父，却被杀死的故事。

么的，是很靠不住的。如果教师退职了，自那之后就会成为他人。不是你们的错，是教师之错。实际上教师什么的就是笨蛋。男的也好女的也好，都是不明事理的家伙。跟你们说这样的事是我不对，但我已经无法忍受了。教员室的氛围，真的是没文化、自私自利、不爱学生。我已经在教员室努力了两年了，坚持不下去了。在被辞退之前，我就自己请辞了。就在今天，这个时间，都结束了。虽然可能不能再与你们相见，但我们从今往后一起发愤图强吧。学习是很美好的事。似乎有的人会觉得代数和几何等科目的学习，毕业以后就派不上任何用场了，大错特错。就算是植物、动物、物理、化学，在允许的时间内就应该尽力学习。对日常生活起不到直接作用的学习，才能在将来完善你们的人格。不必炫耀自己的学识。学习知识，然后满不在乎地忘掉就好。记住不是重要之事，重要的是培养。所谓文化，不是记忆大量的公式和单词，而是胸怀宽广。也就是知晓热爱之事。在学生时代不用功的人，从进了社会起，就必定是个残酷的利己主义者。学问什么的，是可以在记忆的同时就忘掉的东西。即便全部忘掉，在你用功训练的深处，仍会留下一把沙金。就是它了，十分宝贵的东西。务必要学习，而且，不能急着硬让学问直接有益于生活。从容不迫地，成为真正被培养过的人吧！我想说的只有这些。我不能再和你们在这间教室一起学习了。但是我会一生难忘你们的名字的，你们也要偶尔想起我来。这是男人与男人间，简短而平凡的告别。潇洒上路吧。最后我祝愿你们健康。"老师脸色稍微发青，没有一丝笑容地向我们鞠了躬。

此刻我想扑向老师放声哭泣。

"敬礼！"班长矢村略带哭腔地喊了口令。六十个人肃穆起立，发自内心地向老师敬了礼。

"不用担心这次的考试。"老师说完这句话，才露出了微笑。

"老师，再见！"留级生志田小声说道，然后紧接着六十名学生异口同声道："老师，再见！"

我真想放声哭泣。

黑田老师现在过得怎样呢？说不定出征了吧。因为他才三十岁左右。

像这样写着黑田老师的事，真让人忘记了时间的流逝，现在已经接近深夜十二点了。哥哥在隔壁房间静静地写着小说，好像是长篇小说，听说已经写就二百页以上了。哥哥日夜颠倒，每天下午四点左右起床，之后一定会彻夜不眠。这样对身体不好吧。我已经困得不行了，现在再读会儿芦花的《回忆录》就打算睡了。

明天是星期日，能睡个懒觉，星期日的快乐只有这个了。

四月十八日。星期日。

时晴时阴。今天我是上午十一点起床的。没什么特别的事情，这是当然。认为星期日就会有什么好事发生，这种想法是错误的。人生是很平凡的。明天就又是星期一了，又是一周去学校的日子。我似乎是很吃亏的性格，将现在这个星期日作为星期日来享受都做不到。隐藏在星期日影子里的星期一，它不怀好意的表情让我感到害怕。星期一是黑色，星期二是血色，星期三是白色，星期四是茶色，星期五是亮光色，星期六是灰色，然后星期日是危险的红色，理应让人失落。

从今天中午开始，我拼命学习了英语单词和代数。今天格外闷热。我穿着一件毛巾材质的睡衣，不顾自己的模样学习着。晚饭后的茶很是好喝，哥哥也说了好喝，酒的味道怕不是也是这样吧。

那今天晚上写些什么呢？没有什么要写，那就写写我的家人吧。我家现在有七个人。母亲、姐姐和哥哥、我，工读学生①

---

① 工读学生：寄宿在他人家，一边帮忙做家务一边学习的人。

木岛和女佣阿梅，还有上个月来的护工衫野，一共七人。父亲在我八岁的时候去世了，据说生前是小有名气的人，从美国的大学毕业之后，他身为基督徒，是当年的新知识人。比起政治家，说他是个实业家更合适——虽然晚年入了政界，为政友会工作，但只有四五年的时间，那之前是一位市井实业家。据说他进入政界以后，五六年间便耗费了大部分财产。虽然我提起财产之事很可笑，但母亲当时应该是吃了不少苦头的。父亲去世后不久，我们便从牛迂^①的大房子搬到了现在曲町^②的家里来。然后母亲就生病了，至今卧病在床。但我一点儿也不记恨父亲。父亲总是叫我小子、小子。关于父亲的记忆，我有印象的不多，只清晰地记得他每天早上用牛奶洗脸，似乎是个非常时髦的人。装饰在客厅的照片上，父亲也是一副端正又气派的面容。据说姐姐长得最像父亲。我的姐姐是个可怜人，今年二十六岁，终于要在这个月二十八日出嫁。长年以来，她因为看护患病的母亲、照顾我和弟弟，没能出嫁。母亲在父亲死后直接倒在了病床上，因为脊椎骨结核，已经卧病在床近十年了。母亲虽说是病人，但能言善辩、性格任性，就算雇了护工也立刻把人赶走。只有姐姐能

① 牛迂：东京新宿区东区的地名，日文为"牛込"。
② 曲町：东京千代田区的地名，日文为"麹町"。

014

照看好她。但今年正月，哥哥很严厉地说了母亲一通，终于让她许了姐姐结婚的承诺。哥哥生气的时候是非常可怕的。因为姐姐近日就要结婚了，上个月就请护工衫野来了家里，她在姐姐的指导下开始照看母亲了。母亲虽然嘟嘟囔囔发牢骚，但似乎也已经看开，由着衫野照料了。母亲也拗不过哥哥。母亲！就算姐姐离开了家，也不要灰心丧气，为了哥哥还有我，请一定要打起精神。姐姐已经二十六岁了，太可怜了。哎呀，不行，我又说了老成的话。但是结婚乃人生大事，特别是对女人来说，也许可以算唯一的大事件。不要害臊，认真思索吧。

姐姐是令人敬佩的牺牲者，就算说姐姐的青春都终于家务和对母亲的看护也不为过。然而我认为，这长久的忍耐对姐姐来说，绝对不是徒劳。姐姐一定非常明事理，远非我们能比的。忍耐会磨炼人的理性。姐姐的眼眸这段时间十分清澈，结婚的日子将近，她也没有装腔作势地欢欣雀跃、得意忘形，十分了不起，看样子她能用平静的心境进入婚姻生活。她的结婚对象铃冈先生是个接近四十的董事，听说是柔道四段，虽说鼻子又圆又红是缺点，但应该是个好心人。我不喜欢，也不讨厌，终归是他人。但是哥哥说过，这位姐夫各方面都可以让人很放心。可能是这样吧。但是我不想受姐夫照顾，我只是一味为了姐姐的幸福在祈祷罢了。姐姐如果离开了家，家里会变得多么冷清啊！可能会像火熄灭了一样。不过我们会忍受的，只要姐姐是幸福的就好。姐姐会成为一位贤妻吧。我作为她的亲人，对这一点能负起责任、明确保证。要说谁会是最好的妻子，我能推荐我的姐姐。我们真的给姐姐添了许多麻烦。如果没有姐姐，生活不知会怎么样。可能现在我已经是个不良少年了。姐姐看明白了弟弟们的个性，然后温情养育我们长大。姐姐、哥哥和我，三个人之间有柏拉图式的深切羁绊，三人结成了神圣的同盟。而且，姐姐在理性方面优于我们，总是自然地引领着我们。我们相信，姐姐在婚姻生活中，一定能获得平静的幸福。就算被黑暗的灾难所侵袭，姐姐也有着绝对能保护夫妇幸福的尊贵力量。姐姐！恭喜。姐姐从今往后会幸福的。若干涉太多有些失礼，但是姐姐应该还不清楚夫妇间的爱是何物吧。（然而我也完全不知道，甚至连头绪也没有，也许是很无聊的事也说不定。）但是，如果这世间有夫妇之爱的话，那么姐姐一定会实现最为完美的形式吧。姐姐！请不要打破我这美好的"幻想"。

再见，去吧！平安顺遂地生活！如果此去是永别，那么便永远平安顺遂。

以上内容就是我想着跟姐姐说悄悄话的心情写下的，姐姐可能永远不会发现我这暗中向她告别的这些话。因为这是我一个人的秘密日记本。但是如果姐姐看了这个，会笑我的吧。

我没有将这份告别之言直接对姐姐说出的勇气，太不中用了，让人难过。

明天是星期一，黑色之日。睡觉吧。神，请不要忘记我。

四月十九日。星期一。

大体晴朗。今天实在是很不愉快。我有了想退出足球部的念头，就算不退出，也已经对运动生厌了，今后就随便应付一下吧。那些家伙既然乱来的话，我也没办法。今天我揍了队长梶一顿。他太无耻了。

今天放学后，部员们都在操场上集合，开始了这学期第一次训练。跟去年的队伍相比，今年的队伍不论在气魄上还是技术上都远为逊色，因此在本学期，是否能和其他队伍比赛是个疑问。成员们只是都到齐了，互相之间却一点儿都不配合。是队长不行，梶没有当队长的资格。本来应该今年毕业的，但是因为他留级了，年纪最长所以当了队长。统率队伍，比起厉害的技术来说，人格魅力是很必要的。梶的人格很低劣，在练习中一味胡说些下流的段子，乱开玩笑。不仅是梶，全体成员都在乱来，吊儿郎当的，我想一个个揪住后颈给他们扔到水里去。

练习结束之后，按照惯例大家去了附近的桃之澡堂洗澡。在脱衣服的地方，梶突然说了很猥琐的话。而且还是关于我的身体的。那是我无论如何都不想写下的字眼。我裸着身子，站到了梶的跟前。

"你是运动员吗？"我说道。

谁在说，算了算了。

梶把脱到一半的衬衫又穿好，"想打一架吗？喂。"他扬起下巴，露出白牙笑着说道。

我直接啪地打在了那张脸上。

并告诉他说："如果你是运动员的话，请知耻！"

梶咚地踢了地板，"浑蛋！"说着便哭了起来。

实在令人意外。没出息的家伙。我赶紧去了冲澡的地方洗了身子。

全裸着打架实在不是什么值得夸耀的事。我已经讨厌运动了。虽然有"健全的肉体宿有健全的精神"这样的谚语，但希腊原文本是"如果健全的肉体里能宿有健全的精神"，似乎包含一种愿望和叹息的意味在里面。这是哥哥以前曾经说的。大概意思就是，健全的肉体里如果能宿有健全的精神，那该是多么美好的事情啊，然而现实却往往事与愿违啊。梶也有着魁梧的体格，但完全是浪费了。如果在他健全的体格里，能宿有明朗的精神就好了。

夜晚，我听了海伦·凯勒①女士的广播，想让梶来听听。她又聋又哑，有着这般令人绝望的不健全肉体，但也通过自己的努力能开口说话，听得懂秘书所说的话，也能著书，最终获得了博士称号。我们对这位女士抱有的无限尊敬，应该是出自真心的吧。听着收音机的广播，有时候能听到听众们如怒涛般的鼓掌声，听众的感动直接触动我心，我不禁泪目了。凯勒女士的作品，我也读了一些。宗教的诗占了很多，可能是信仰让她重生。我深感信仰力量之强大。所谓宗教就是相信奇迹的力量。对理性主义者来说是不能理解宗教的，宗教就是相信不理性的力量。因为不合理，所以是"信仰"的特殊力量，——啊，不行，越发搞不懂了。再问一遍哥哥吧。

明天是星期二。真是讨厌啊讨厌。有句话说男子跨出家门就会有七个敌人②，正是如此。不能有一丝疏忽大意。去学校就

---

① 海伦·凯勒：美国残疾教育家（1880—1968），代表作《假如给我三天光明》。
② 男子跨出家门就会有七个敌人：日本谚语，意思是男子进了社会之后就会面临许多竞争对手，这里表明的是进社会的男子的思想准备。

和进入百万敌军之中没什么两样。不想输给他人，为了胜利需要拼死努力，怎样都很受不了。这就是胜利者的悲哀吗？不会吧。梶啊，明天让我们微笑着握手言和吧。就像你在澡堂说的那样，我的身体是太白了。真是讨厌。但是我没有在奇怪的地方涂上白色香粉啊。我讨厌你这样耍我。今天晚上读了《圣经》就睡吧。

你们放心，是我，不要害怕[1]。

四月二十日。星期二。

说是晴朗，但也不是万里无云的晴朗。大体上是晴朗的程度吧。今天赶紧和梶和解了。我不想自己一直处在不安的情绪中。我去了梶的教室，干脆地道了歉。梶看起来很高兴。

> 吾友笑里藏孤独
>
> 我亦孤独返笑之

但是我和以往一样看不起梶。这没办法。梶一副思虑颇深

---

① 你们放心，是我，不要害怕：出自马太福音。

的样子，然后十分信赖我一般低声说道："我想着和你商量一件事。这次进入足球部的一年级新生有十五人。大家都没个正形。如果加进来太多无用的人，足球部的质量只会一味下降，我也会没什么干劲。你帮我考虑考虑。"我听来滑稽。梶在为自己辩解，想把自己的无用怪罪给新生，越发是个卑劣之人了。

"人多了也没关系不是吗？如果好好训练，那不行的人自然会累趴下，行的人就能留下来吧。"我这么一说。"那也不行。"他便大声说，空虚地傻笑了。为何不行，我不清楚。不管怎样，我对足球部已经没有从前那般的热情了。就按照你喜欢的干吧。可能会弄出个孱弱的队伍吧。

放学回家路上，我顺道去了目黑电影院，看了《进击吧龙骑兵》^①，很无聊，实在是一部没有价值的作品，亏了三十钱也让我损失了时间。不良少年木村极力推荐说这是一部厉害的杰作，一定要看，我才会满怀期待地去看的，结果什么呀，如果加上口琴的伴奏，就是和便宜发蜡的味道很合衬的电影。木村到底是觉得哪里有什么赞叹之处了？不可理解。那个人不会还是个孩子吧？如果马跑了就会高兴吧。也不能指望那个家伙的尼采

---

① 《进击吧龙骑兵》：1936 年的美国电影，导演是迈克尔·柯蒂兹，主演是埃罗尔·弗林和奥利维娅·德哈维兰。

了。可能是尼采牌口香糖吧。

今天晚上，姐姐接了铃冈的电话，去了银座。这就是婚前交往。两个人会认真地在银座散步，说不定还去了资生堂喝了冰激凌苏打①吧，也许还看了《进击吧龙骑兵》正在感动。马上就是结婚典礼了，他们还这么悠闲，还是不要这样才好。母亲刚刚还发了脾气。据说因为洗身子的金属盆里的热水太烫了，母亲就把盆子打翻了。护工杉野哭了。阿梅叮叮咚咚地走来走去，很是搅动了一场。哥哥装作不知情一直在学习。我的内心无法平静。如果姐姐在的话，便会很轻松地平息事件吧。杉野在楼梯下不停地抽泣，工读学生木岛一副哲学家的样子，用庄重的口吻在安慰她些什么，很是滑稽。据说木岛是母亲的远亲。五六年前，他从乡下的高小②毕业之后来到我们家，中间有一次因为征兵检查回了乡下，过了一段时间，又来了家里。因为他是近视眼，所以被判定为丁种③兵。他的脸上长了很多痘痘，但

① 冰激凌苏打：1902年，资生堂的药店内，开始贩卖初来日本的苏打水和当时非常稀少的冰激凌。当时的馒头一个一钱，冰激凌和苏打水做成的冰激凌苏打是一杯25钱。

② 高小：全称是高等小学校，明治维新开始第二次世界大战开战前存在的学校。相当于现在中学的第一、二年级。

③ 丙种：在第二次世界大战结束以前的日本，只要是年满20岁的成年男子都有义务接受征兵检查。根据身高、体重、有无患病的检查，把成年男子分为甲、乙、丙、丁、戊种。甲种为身体结实，乙种为身体健康且需要抽选，丙种是身上有非常多缺陷，丁种是眼睛、嘴巴使用上不方便或者精神上有障碍，戊种是正在患病或者处于病后恢复期。

样貌不差，梦想好像是做政治家，但是他一点儿都不用功，是做不成的吧。在外面，他会称我的父亲为伯父。他是个没有恶意的坦率之人，但也不过如此了，可能打算一辈子都待在我家。

姐姐终于回家了，现在是十点八分。

我从现在开始要做三十道代数题。我太累了，累得想哭。一个叫作什么罗伯特的人曰，"有一障碍物常常纠缠我身，其名为正直"，而芹川进氏则曰，"有一障碍物常常纠缠我身，其名为考试"。

我想去一个没有考试的学校。

四月二十一日。星期三。

阴天，夜晚有雨。哪里都是绵延不断的阴暗。连写日记都变得惹人厌烦起来。今天在上数学课时，"狸猫"穿着稍有些脏污的长靴走进了教室，问这个班上有几个从四年级开始考试的人，让举起手来。我想也没想猛地就举了手，结果只有我一人举手了。班长矢村留意着没有举手，低下头，忸忸怩怩的，真是个懦弱的人。"狸猫"说，"欸，是芹川啊"，嘴角微微扬起。我很难为情，一瞬间，感觉世界都变黑暗了。

"要考哪里呢？""狸猫"用轻视的口吻说道。

"还没决定。"我回答。我还是没有说出一高的勇气，真是难过。

"狸猫"用一只手捂着胡须哧哧地笑着。真是令人讨厌。"不过，各位也，"他一本正经地环视大家，"如果能从四年级就报考的话，那么就不要抱着试一试的半开玩笑的心态，而是带着必须考上的觉悟去考试。如果心态摇摆不定，一旦没有考上，就会落下不及格的习性，就算到了五年级再去考，也有很多考不上的。所以要慎重考虑之后再决定。"这种说法就像完全无视了我的存在一般。

我真想宰了"狸猫"。有这般没礼貌的老师的学校，我都想放火烧掉好了。不管如何，我都要在四年级之后去别的学校。还要在这样的学校待上五年吗？我的身体都要腐坏了。虽然和外语相比，我的数学成绩没有那么好，即便如此，我每天每晚都在学习。啊，我想进入一高，让"狸猫"对我刮目相看，但可能也做不到。不知怎的，我也不想学习了。

放学回家的路上，我顺道去了武藏野馆，看了《罪与罚》①，

---

① 《罪与罚》：俄国作家陀思妥耶夫斯基的长篇小说。小说描写了穷大学生拉斯柯尔尼科夫受无政府主义思想毒害，也为生计所迫，杀死了放高利贷的老太婆阿廖娜和她的无辜妹妹丽扎韦塔。经历了一场内心痛苦的忏悔后，他最终在基督徒索尼娅姑娘的规劝下，投案自首，被判流放西伯利亚。

那伴奏的音乐非常妙。闭上双眼只是听着音乐，我的眼泪就要缓缓溢出了，我想任由自己堕落了。

我回到家什么都没学习，作了一首长诗。诗的大意是，自己现在正在黑暗的底层爬来爬去，但并不绝望。不知道从哪里射进来一束昏暗的光。但是我不知道这束光代表着什么。我让这束光落在我的手心上，却无法理解这束光的意义，只能自己一味焦虑。不可思议的光啊，我写下这样的句子，想着什么时候让哥哥也看看。哥哥真好，富有才能。按照哥哥的说法，所谓才能是对某样东西抱有异常的兴趣，并且开始沉迷于其中时显现出来的之类的东西。但像我这样，每天憎恨着、愤怒着、哭泣着，过分狂热，只会落得荒谬，而成不了才能出现的动机，反过来，却可能是无能的象征。啊，有没有谁能够清楚地定义我呢？是蠢货、机灵鬼，还是骗子？是天使、恶魔，还是俗物？是殉教者、学者抑或是大艺术家？自杀吧。我真的有了想死的心情了。失去父亲这件事，从未像今夜这样让我如此痛彻心扉，虽然平时我总是忘个干净，真是不可思议。"父亲"这一角色既伟大又温暖，我现在能理解基督徒在极尽悲伤时大声喊出"阿爸，天父哟！"的心情了。

比母爱更炽热，比大地更深沉，耸立于人之所思之上，比天空更宽广。

——赞美诗第五十二

四月二十二日。星期四。

阴天。今天没有什么特别的事情，所以就不写了。我上学迟到了。

四月二十三日。星期五。

下雨。夜晚，木村拿着吉他到我家来玩了，我让他弹弹看，他弹得很烂。我一直不开口，木村就说那就不打扰了，便回了家。在雨中特意抱着吉他来的人，真的是笨蛋。我感觉很累，所以早早就睡了。睡觉时间，九点半。

四月二十四日。星期六。

晴天。今天我从早上开始就逃课了。这么好的天气，去学校太浪费了。我去了上野公园，在公园的长椅上吃了便当，下午一直在图书馆。我借了正冈子规①全集的第一卷到第四卷，随

---

① 正冈子规：日本歌人、俳人（1867—1902），代表作品有《月亮的都城》《花枕》《曼珠沙华》等。

手翻看，天黑了之后就回了家。

四月二十七日。星期二。

下雨。我心情很烦躁，睡不着，深夜一点，听到了夜晚做工的微弱声音。工人在雨中无言地劳动，没有一声吆喝，只有铁锹和砂石的声音有规律地传来。明天便是姐姐的结婚典礼了。姐姐在这个家里也是最后一夜了。她会是怎样的心情呢？旁人的事情，如何都好。停笔。

四月二十八日。星期三。

万里无云。早上，我端坐着给姐姐行了大礼，然后就赶去上学了。在我鞠躬之后，姐姐叫了声"小进！"然后就哭了出来。母亲似乎也在房间里叫着我的名字"进、进"，但是我连鞋带都没系上就从玄关飞奔而出。

五月一日。星期六。

大体晴朗。写日记也变得三天打鱼两天晒网起来。没什么理由，只是我不想写了，现在又突然想写了，就写。今天我让哥哥给我买了吉他。吃完晚饭，我和哥哥去银座散步，中途我稍微探头看了下乐器店的橱窗，"木村也有一把跟那个一样的哦。"我装作不经意地说。哥哥马上就问我："想要吗？"

"真的吗？"我感觉到有些可怕，看着哥哥的脸色。哥哥一言不发地进店为我买下了。

哥哥比我要孤独十倍啊。

五月二日。星期日。

雨后天晴。虽说是星期日，我却八点就起了床，很是稀奇，起床之后马上就用布擦拭吉他。表哥阿庆来玩了，这是自他成为商科大学①的学生以后，第一次来家里。他穿着新做的西服，格外耀眼。

"身份不同啦。"我这么恭维之后，他嘿嘿地笑了。真是没出息的家伙。上了商大，身份就变了吗？他穿着红色条纹的衬衫，怪模怪样、装腔作势。难道没有读过"身体胜于衣衫"②这些话吗？

"德语很难啊，是吧。"他说。欸，这样啊。成为大学生，确实是不同了。我心烦意乱，一味弹着吉他。虽然他邀请我去

---

① 商科大学：东京商科大学。1920年4月在东京设立的旧制官立大学。现一桥大学的前身。
② 身体胜于衣衫：出自《圣经》。

银座，但我拒绝了。

我一点儿都没有学习，什么都没做。Doing nothing is doing ill. 无所事事必干坏事。我可能是很妒忌阿庆，真是无耻。好好地思考一下吧。

五月四日。星期二。

晴天。今天足球部的新成员欢迎会在学校的大厅举行。我稍微瞥了一眼，就马上回家了。近段时间，我的生活甚至连悲剧也没有。

五月七日。星期五。

阴天。夜晚有雨。这是很暖和的一场雨。深夜我撑着伞，偷偷摸摸出去吃寿司，和烂醉的女服务员与没醉的女服务员两个人一起大口吃着寿司。烂醉的女服务员对我说了很失礼的话，我也没有生气，只是苦笑了一下。

五月十二日。星期三。

晴天。今天的数学课上，"狸猫"出了一个应用问题，时间是二十分钟，"谁做出来了？"

谁都没有举手。虽然我感觉自己会做，但我不想像三周前的星期三那样出大丑，所以装作不知道。

"搞什么，谁都不会做啊？""狸猫"嘲笑道，"芹川，你来试试。"

为什么指名我呢？吓得我心里扑通一跳。我站起来走过去，在黑板上写起来。两边都平方的话就简单了，答案是0。我写下：答，0。但又想着如果算错了的话，就又会像之前那样被侮辱，于是我写下：答，0吧。写完之后，"狸猫"哇哈哈地笑了起来。

"芹川啊，实在是服了你了。"他一边摇头一边说。我回到自己座位上之后，他也频频看向我这边，一点儿不忌讳地说："教师办公室里，大家也都说你很可爱啊。"全班哄堂大笑。

今天真是令人讨厌，比前段时间的星期三还不愉快，让我羞耻得都没办法和班上的同学再见面了。"狸猫"的神经大条，还有教师办公室的氛围，都令人完全无法忍受，失礼又庸俗。在放学回家的路上，我干脆地决定退学。我想离开家，成为电影演员养活自己。哥哥曾经对我说，进似乎有做演员的天赋呢。我能清晰地回想起他这样说过。

但是晚饭是如下的这幅光景，什么事都没有发生。

"我讨厌学校，实在不行了，我想自己谋生了。"

"学校是很烦人的地方啊。但正是一边觉得讨厌一边去上学的这点，才是学生生活的尊贵之处吧。虽然像是悖论，但是学校就是为了被人憎恨而存在的。就算我也非常讨厌学校，但是我没想过只读到中学。"

"是的呀。"

我的决定一瞬间就垮台了。啊，人生真是单调！

五月十七日。星期一。

晴天。我又开始踢球了，今天有和二中的比赛。我前半段进了两个球，后半段进了一个，比赛结果是三比三。比赛完回家的路上，我和前辈在目黑喝了啤酒。

越发感觉自己很低能。

五月三十日。星期日。

晴天。尽管是星期日，但是我心情很昏暗。春天也离去了。早上木村打来电话，问我去不去横滨。我拒绝了。下午去了神田，备齐了所有考试参考书。暑假之前我要做完代数研究（上·下），暑假的时候做平面集合的总复习。夜晚整理了书架。

昏暗、忧郁。我要向山举目。我的帮助从何而来。[1]

六月三日。星期四。

晴天。从今天开始的六天是四年级的修学旅行，但我非常讨厌大家一起在旅馆睡大通铺或是成群地参观名胜，所以没有参加。

我打算这六天读小说度日。今天开始看夏目漱石的《明暗》，这是一本很黑暗的小说，这种黑暗，只有生在东京长在东京的人才懂，是无可奈何的地狱。班上的家伙现在正在夜行列车上熟睡着吧，真是天真之人。

勇者独自站立时最强大。——（席勒[2]，说的吧）

六月十三日。星期日。

阴天。足球部的大泽前辈和松村前辈大摇大摆地来了。接待他们的这种行为，简直是愚蠢至极。足球部暑假的集训可能要泡汤了，真是个大事件啊，他们说着这些，神情激动。我本

---

① 我要向山举目。我的帮助从何而来：出自《圣经》。
② 席勒：约翰·克里斯托弗·弗里德里希·冯·席勒（1759—1805），德国18世纪著名诗人、哲学家、历史学家和剧作家，德国启蒙文学的代表人物之一。

来就打算不参加今年暑假的集训了，刚好合我心意。但是对于大泽和松村两位前辈来说，他们的乐趣就少了一个，所以满腹牢骚。梶队长在会计上出了点问题，所以没办法从学校拿到集训的费用了。松村前辈怒气冲冲地说要免去梶的职位。总之大家都是蠢货。我只求能尽早回家。

晚上，隔了好久给母亲揉脚。

"凡事都要忍耐……"

"好的。"

"兄弟和睦……"

"好的。"

母亲的口头禅就是"忍耐"，还有"兄弟和睦"。

七月十四日。星期三。

晴天。七月十日就开始了的第一学期的正式考试，还有明天一天就结束了，接着过一个星期，就会公开成绩，然后才终于到了暑假。真高兴，确实高兴，"啊啊"，我自然而然地这样叫了出来。成绩什么的，无所谓。这个学期我在思想上迷了路，成绩可能也一落千丈，估计只有日文、汉文、英语和数学成绩是提升了的，成绩没公布前，我也没有把握。啊，马上就是暑假啦。一想到这个就微笑起来。虽然明天还有考试，但不知为何很想写日记。这段时间我完全怠于写日记了，因为生活没有什么干劲。可能是我自身没什么内容吧，不，是因为有感到深切绝望的事吧。我变得相当狡猾了。我不想把自己思考的事情随意告诉他人，我不想他人知道我现在抱着怎样的思想，只能说一句话："我将来的目标，在不知不觉间，已经决定了。"剩下的就不说了。明天也有考试。学习、学习。

一月四日。星期三。

晴天。元旦、二号、三号、四号都在玩耍。白天也好夜晚也好，都在玩。说是玩，但也不是忘掉一切的玩耍，啊真的是讨厌啊，一点儿意思都没有。我一边这样想着，却还是不由得被带着玩儿去了，玩耍之后的失落感又特别厉害，是极度的落寞，会深切地想着，学习吧。我觉得这一个月我一点儿进步都没有，感到无法忍耐的焦虑。就在今年，我真想从一而终地学习。去年每天，我都像骑着哗啦作响、快散架了的自行车一样，无法平心静气地生活，到了今年，不由得感觉生出来了快乐的希望。就在不远的地方，我感觉只要我伸出手，就能抓住某些温暖美好的东西。

十七岁是让人十分厌恶的一年。我总算认真了起来，突然感觉自己成了一个平凡的人，说不定已经成为一个成年人。

因为今年三月有升学考试，所以我不得不紧张起来，还是打算考一高，而且坚决是文科！去年被"狸猫"羞辱了两三次，所以我已经对理科彻底死心。哥哥也赞成了。"因为芹川家没有科学家的血脉。"他这样说着，笑了。那么，就算我选了文科，但是否有哥哥那样文科上的才能还是个疑问。首先我没有进入一高英文专业的自信。哥哥轻松地说没问题、没问题，但是哥哥似乎是因为自己很轻易就考上了，所以认为其他人也能轻松考上吧。哥哥好像不承认人和人之间是有差距的，深信着大家都和自己一样，拥有同样的能力。所以他有时候会满不在意地对我提出非常不可能的事情，会无意识地说出残酷的话，果然还是少爷吧。我还是应付不来一高，很大概率考不上吧。如果考不上的话，我就去上私立的 R 大学。我不想留在中学上五年级。如果还要被"狸猫"等人再戏弄一年，我宁可去死。R 大学是基督教学校，所以也能深入学习《圣经》，也会很开心吧，感觉像是个有希望的学校。

一号和二号我们都玩了打手势猜谜语的游戏，最初觉得很有意思，但是玩了两天之后就很厌烦了。在镰仓的阿圭的提议下，哥哥、新宿的豆子，加上我四个人一起朗读了《父归》①。我绝对是读得最好的。哥哥扮演"父亲"太严肃了，不太适合。三号还是刚刚说到的四个人，一起完成了高尾山远足，冷得受不了。我相当疲惫，在回家的电车上，靠在哥哥的肩膀上睡着了。阿圭和豆子这两人昨晚也睡在了我家。

今天他们俩回家之后，木村和佐伯来家里玩了。虽然我已经决定不再和无聊的中学生一起玩耍，但还是妥协了。扑克。二十一点。木村获胜的方法太卑鄙了，我都震惊了。木村去年年末，从家里拿了两百日元出门，在横滨、热海玩了一圈，花光了所有的钱，然后稀里糊涂地来了我家。我立马打电话通知了木村家。据说木村家都已经报警找人了。对他们家来说，我现在是他们的大恩人。木村的家庭虽然不好，但木村也是笨蛋，果然只是单纯的不良少年，尼采都要哭了。佐伯也是个笨蛋，这段时间越发令人厌恶了，他是大资产阶级的孩子，身高近六尺，瘦弱纤细，据说因为身子很弱，所以只读到中学。最开始他会和我讲各种各样的外国文学，我也像先前木村讲尼采

---

① 《父归》：日本小说家、戏剧家菊池宽的作品。宗太郎年轻时抛弃了自己的妻子和三个孩子，过着极端荒唐的生活，他的妻子珍娘独自带大了两个儿子和一个女儿。宗太郎在外游荡了20年，到了暮年，他决定回到自己的家乡。小说描写的就是宗太郎晚年归家的故事。

而兴奋那样，大为感激，把他当作我唯一的朋友。接着我也去了他家玩，他简直是柔弱不堪。他在家时穿着五岁或者六岁孩子穿的那种大碎白点的和服，把米饭叫作饭饭，让人毛骨悚然。随着渐渐深入交往，我和他便不再聊得来了，不知他是男是女，他很喜欢舔舌头，脸上的口水都快滴下来。"因为身体虚弱所以不去上大学，所以想在家安静地和芹川君交流，一起学习文学"云云，前段时间他说了这样值得钦佩的话。恕我实难从命，"暂且考虑一下为好。"我留下了这么一句话。

这么作陪着木村和佐伯，天色就暗了下来，然后一起吃了年糕。两人回去之后，"一点点"女士突然造访。真是没劲。这位女士是父亲的妹妹，所以是我的姑妈，芳龄即将四十五六，总之也不小了，未婚，是插花的大师傅，也在负责什么妇女会。哥哥曾说过"一点点"女士是芹川一族的耻辱。她不是坏人，只是多少有"一点点"虚伪 。"一点点"这个名字，是哥哥去年发明的。在姐姐的结婚喜宴上，这位姑妈和哥哥并排坐着，别处的绅士来向姑妈敬酒，她扭动着身体说："不好意思，我不能喝。"

"但是，就只来一杯。"

"哦呵呵呵呵。那么就一点点！"

真是令人讨厌！哥哥似乎因为太过羞耻，想愤然离席而去。窥一斑可知全豹，真是相当做作了。今晚她一见到我就说："哎呀！小进，鼻子下面都长出黑色的毛来啦！要好好干啊。"她真是愚蠢，太不端庄了，蛮横、不体面，的确是一家之耻。我不愿与她同席，偷偷地和哥哥相互点了个头，就一起出去了。逛银座的人很多。大家也都和我们一样，待在家里太忧郁了，所以才到银座来的吧，这么一想，便觉得有些可怕。在资生堂喝着咖啡，哥哥嘀咕着："芹川家似乎流着淫荡的血脉。"我听到大吃一惊。在回家的巴士上，我们谈论了"诚实"。哥哥这段时间似乎也很悲观。姐姐离开家之后，他必须要照看家里的事，小说也没能如愿往下写。

回到家已经十一点了。"一点点"女士已经离开了。

那么明天开始就带着高昂的精神与新鲜的希望向前迈进！已经十七岁了，我向神起誓，明天六点起床，一定学习！

一月五日。星期四。

阴天、强风。今天什么也没做。风很大的日子就毫无办法。我起床的时候已过下午一点，比起去年更没个样子了，起床之后也磨磨蹭蹭。现在家在下谷的姐姐给我打电话来了："来玩啊。"我感到为难，但一贯优柔寡断的我还是答应了她。我其实很讨厌铃冈家，觉得他们非常俗气。姐姐也变了。她结婚后不久就来家里玩过，但已经变了，变得干瘪，只是个主妇了，从前丰满馥郁的样子荡然无存，让人震惊，那是嫁人还没过十天的时候，手指已经变得很脏了，她还变成了一个处事精明的自私的人。姐姐努力在掩盖，但是我很清楚，她现在已经全然是铃冈的人了，甚至长相也和铃冈像起来。说到长相，我每次一想到俊雄君的长相，就会变得前言不搭后语。俊雄君是铃冈的亲弟弟，去年从乡下的中学毕业之后，现在和姐姐他们住在一起，在上庆应大学①的文科。虽然这么说很恶劣，但这位俊雄君，是我迄今为止从未见过的丑男，实在是太丑了。我自己一点儿都不好看，而且也不想评论别人的长相，但是俊雄君的脸，实在是丑得太过分了，我才会语无伦次。不是说他鼻子怎样、嘴巴怎样，而是整体都是散沙一盘，人也没有幽默之处。我每次和他碰面，总是会神奇地陷入沉思。"万中选一"这种说法，我自己也不是很满意，这么说很不对，但却是事实，我也很无奈。那样的长相，我出生以来初次见到。男人的长相不是问题，

---

① 庆应大学：即庆应义塾大学，是一所世界著名研究型综合大学，也是日本历史上第一所高等教育机构。

只要精神清爽，就能精彩地活在这社会上，我很坚定地相信着这一点。但我也觉得像俊雄君那样年轻、还在庆应文科那样引人注目的地方学习的人，长了那样一副面容，会是一件相当痛苦的事情。实际上每次和他见面，我都会厌恶人生。真的是太惨了。在他以后的漫长人生中，都要因为这先天的面容，而一直被人指指点点、在背后说坏话且敬而远之吧。我一想到这些，就会对现代的社会组织产生怀疑，会开始痛恨这个世界，对世上人们冷酷的情感厌恶起来，油然而生一种义愤之情。俊雄君如果将来能谋到一份相应的差事，过上吃喝不愁的生活，实在是美满而值得祝福的事。但是他如果要结婚的话，会如何呢？遇到认定的女人，却因为自己丑陋的长相而无法结婚时，会是如何悲惨呢？会大声呻吟吧。啊，一想到俊雄君我就会很忧郁。虽然我从心底里同情他，但也还是不喜欢他。太惨了，无法形容，我尽可能地不想看到他。可能我也和世上的人一样冷酷，还自以为了不起吧。我越想越语无伦次了。我去年到现在只去了他们在下谷的家两次。虽然我很想念姐姐，但是她的丈夫铃冈又会摆出一副兄长模样，直呼我"小男孩、小男孩"，真让人受不了。可以说是大丈夫不拘小节，但是叫我"小男孩"还是太过分了吧！我已经十七岁了，还被人叫"小男孩"！我回应

"是"是很不舒服的，我也想不答应他，也想怒气冲冲地生一顿气，但是无论怎么说对方都是柔道四段，还是很令人害怕的，自然而然我就卑屈了。和俊雄君碰面我就语无伦次，对铃冈先生我又提心吊胆，所以我没法去下谷了。今天姐姐问我要不要去玩，我虽然还是答应了，但那之后十分纠结，无论如何都不想去了。最终我还是找了哥哥商量。

"下谷那边说要我去玩，但我不想去，今天风这么大，去太麻烦了。"

"但是你不是答应了吗？"哥哥有些不怀好意，看穿了我的优柔寡断，"那就不得不去了。"

"啊痛痛痛！突然觉得整个肚子都痛起来了。"

哥哥笑出声来了。

"如果这么不想去的话，那一开始直接回绝掉就好，那边也在等着呢。你在谁那里都想做个好孩子，所以才不行啊。"

终于还是被说教了一番。我不喜欢被说教，就算是哥哥的说教也不喜欢。迄今为止我因为被说教而改过自新的事情，一次都没有。我也从未觉得说教的人很厉害，说教只不过是自我陶醉，只是任性地装模作样罢了。真正厉害的人，只会微笑看着我的失败，但是那个微笑，着实深邃而清澈，就算不对我说任何话，我也会满心感动，会突然灵光一现、恍然大悟，只有这样我才能真正地洗心革面。说教实在是烦人，就算是哥哥的说教，也很烦人。我发火了。

"只要明确地拒绝了就行了吧？"我说着，带着些许杀气给下谷那边打了电话。不好，是铃冈先生接的电话："小男孩吗？新年快乐。"

"是的，新年快乐。"不管怎样他都是柔道四段。

"姐姐在等你哦。赶紧来吧。"这下就搬出了姐姐。

"不好意思，我肚子很痛。"我也很无情的，"也跟俊雄君问个好。"甚至还说了毫无必要的寒暄。

我没脸见哥哥了，就这样把自己关在房间里直到暮色降临，随意翻看了克尔凯郭尔①的《基督教的训练》，一行都没能理解，只是把眼光投向这里那里的文字上，心里一直在考虑着漫无边际的事。

今天是傻里傻气的一天，下谷家确实难以应付。一想到那个家里有姐姐在，而且还幸福地笑着，我就觉得莫名其妙。晚

---

① 克尔凯郭尔：索伦·克尔凯郭尔（1813—1855），丹麦宗教哲学心理学家、诗人，现代存在主义哲学的创始人。他的思想成为存在主义的理论根据之一，他认为哲学研究的对象，不单单是客观存在，更重要是从个人的"存在"出发，把个人的存在和客观存在联系起来，哲学的起点是个人，终点是上帝，人生的道路也就是天路历程。

饭的时候，"夫妇之间，会聊什么呢？"我问哥哥。"是呀，应该什么都不说吧。"哥哥似乎不太感兴趣的口吻。

"可能吧。"

还是哥哥聪明，知道下谷那儿的无聊。

晚上喉咙很痛，八点的时候我就早早睡下了，一边躺着一边写日记。母亲这段时间精神很好，如果能顺利度过冬天，说不定以后就会逐渐好转了，毕竟得的是很棘手的病。先不说这个了，能不能弄到五日元呢？我要还给佐伯了。我要干净利落地还给他然后和他绝交。好像一找别人借钱，人就会变得窝囊没出息。是卖掉旧书，兑点钱呢，还是找哥哥呢？

《申命记》①里有这句话："不应向你的兄弟收取利息。"似乎麻烦哥哥是安全的。我似乎有很小气的地方。

风，依然强烈。

一月六日。星期五。

晴天、寒气逼人。每天都只有决心，却一事无成，我为自己感到害臊。吉他弹得越来越好，却一点儿也不能成为骄傲的

---

① 申命记:《申命记》是《圣经》旧约的一卷书，本卷书共34章。记载了以色列的子孙的前景，他们在约旦河的对岸会遭遇的困难和摩西向百姓提出最后训示。

资本。啊，我想过一种没有悔恨的生活。我已经厌烦正月了。虽然喉咙不疼了，但头又开始疼，我什么都不想写。

一月七日。星期六。

阴天。最终还是一个星期什么都没做。早上开始，我一个人吃了几乎一整箱橘子，手掌似乎都变黄了。

羞愧！芹川进。你这个家伙的日记，最近也太没个正形了呀。连知识分子的影子都看不到一星半点不是吗？必须要振作起来。你忘记了自己的宏愿了吗？你这家伙已经十七岁了，马上就要成为独当一面的知识分子了。何等没出息呀。小学时每个星期，你都会被哥哥带着去教会学习《圣经》，已经忘记了吗？耶稣的夙愿，你应充分明白了。你和哥哥约好要成为耶稣那样的人，已经忘记了吗？读到"耶路撒冷，耶路撒冷啊，你杀害先知，又用石头把奉派到你们那里的人打死。我多次想召集你的儿女，好像母鸡召集小鸡到翅膀底下一样"这里，你禁不住高声哭泣的夜晚，已经忘记了吗？每天唯有觉悟无比崇高，可最终一整个星期都像傻瓜一样在玩耍。

今年三月有升学考试。考试不是人生的最终目的，但就像哥哥说的那样，与此战斗的这点，才是学生生活的可贵之处。

耶稣基督也很用功，他彻头彻尾研究了当时的圣典。自古以来的天才，在学习上都十倍努力于其他人。

芹川进啊，你真的是个大笨蛋！不要记什么日记了！一个笨蛋任性妄为写下的连篇累牍，连猪都不会看一眼。你这家伙是为了写日记才生活的吗？自命不凡的冗长日记，还是放弃吧。没有内涵的生活，再怎么反省，再如何整理，也还是没有内涵的。啰里八唆写上一通，实在是滑稽可笑。你的日记已经没有意义了。

"我们忏悔小的过失，是想让世人相信我们并无其他大的过失。"——拉罗什富科[①]。

走着瞧吧！

到了后天，第三学期就要开始了。

一鼓作气，前进吧！

四月一日。星期六。

半阴天、有强风。命运之日，是决定命运的日子。我去看了一高公布的录取结果，没考上，一瞬间有五脏消失的感觉，

---

① 拉罗什富科：弗朗索瓦·德·拉罗什富科法国公爵，17世纪法国古典作家。著有作品《道德箴言录》。

体内仿佛被掏空，不是遗憾的感觉，只是有一种戳一下眼泪就要落下来的脆弱感。进，真可怜。另一方面，我觉得落选也在情理之中。

我不想回家，头很重，耳朵嗡嗡作响，喉咙非常干渴。我去了银座，站在四丁目的街角，被烈风吹着，等着红绿灯，眼泪突然就流了下来，都要哭出声音了。也难怪，这是我人生当中的第一次落榜，这么一想，就更加无法忍受了。也不知道自己在怎么走路，有两个人回头看我。我去坐了地铁，到了浅草雷门。浅草很多人。我已经没哭了，感觉自己就像拉斯科尔尼科夫①。我进了牛奶店，桌子上落灰都落白了。我的舌头也因为灰尘而发涩，呼吸困难。落榜生，不是什么好模样。我的双腿沉重发软，眼前浮现出清晰的幻影。

罗马的废墟沐浴着黄澄澄的夕阳，令人非常悲伤，包裹着白色衣服的女人一边向下看一边消失在石门里。

我额头上冒出了冷汗。我也考了 R 大学的预科，不会……

---

① 拉斯柯尔尼科夫：陀思妥耶夫斯基的作品《罪与罚》主人公。小说描写穷大学生拉斯柯尔尼科夫受无政府主义思想毒害，认为自己可以为所欲为。为生计所迫，他杀死放高利贷的老太婆阿廖娜和她的无辜妹妹丽扎韦塔，制造了一起震惊全俄的凶杀案。经历了一场内心痛苦的忏悔后，他最终在基督徒索尼娅姑娘的规劝下，投案自首，被判流放西伯利亚。

不管了，怎样都好，就算进了，也只是入个学籍而已，没有毕业的感觉。我明天就开始自力更生。去年快到暑假前，我就已经下定决心了。我已经不想再当有闲阶级了，紧紧依附有闲阶级寄居的我，是个多么悲惨的浑蛋啊！比起富有者进入神的国度，骆驼通过针孔反而更容易[①]。这不正是个绝好的机会吗？从明天开始我就不再接受家里的庇荫。啊狂风暴雨呀！灵魂啊！从明天开始我便自己谋生。我的眼前又出现了幻影。

绿色鲜艳得让人害怕，泉水涌出，在绿色的草地上滚滚流淌，流水声咕咚咕咚，鸟儿向天空飞去。

幻影消失。我的邻桌是个穿洋装的丑姑娘，面前放着一个空的咖啡杯，无所事事地坐着。她拿出粉饼，敲着鼻头，她的表情，就像白痴一样，但是她的腿很纤细，丝绸的袜子非常薄。有男人来了，是一个发蜡都要涂到脸上的男人。女人莞尔而笑，站起身来。我扭过脸去。这样的女人，耶稣基督也能爱吗？如果我离开家，我也能和那样的女人从容地开玩笑吧。看到了令人厌烦的画面，我喉咙发干，再喝杯牛奶吧。我未来的新娘，就是那位嘴巴前凸的女人；我未来的好朋友，就是那位全身散发

---

① 比起富有者进入神的国度，骆驼通过针孔反而更容易：出自耶稣。

着发蜡臭味的高个子绅士。这个预言，会实现。外面是川流不息的人流。大家都有应回的家。

"哟，欢迎回家。今天很早嘛。"

"嗯，工作上的事情正好解决了。"

"那很好。要泡澡吗？"

大家都有平凡的、安静的、可供休憩的家，我却没有可以回去的地方。一个落榜男孩是多么不光彩啊！我以前多么瞧不起落榜生啊。我觉得自己和他们不一样，哪里想得到有朝一日，我的额头上也清晰地印上了落榜生的烙印。我是新来的，请多指教。

诸君有没有在四月一日的夜晚，在浅草的霓虹灯之森中，看到一个就像野狗一样徘徊的中学生？看到了吗？如果你看到了，为什么那个时候没有向我搭话"喂，叫你"？我一定会抬头看着你的脸，拜托你说"请成为我的朋友"，然后我一定会和你一起彷徨在狂风中，无数次地互相发誓，要救贫苦的人！在这广阔的世界上，我们意外结识了志同道合的人，这对于你对于我，该是多么美妙的事呀！但是，谁都没有向我搭话。我步履蹒跚地回到了麴町的家。

接下来我要写的内容就更加痛苦了。我向神发誓，我这辈子不会再做坏事了。我把哥哥给打了。夜晚十点左右，我悄悄回到家里，在昏暗的玄关解鞋带，突然灯亮了，哥哥走了出来。

"怎么样？没考上吗？"漫不经心的声音。我沉默了，脱了鞋子，站在地板上，勉强地轻轻笑了，然后回答道："肯定是呀。"声音堵在喉咙眼。

"欸！"哥哥眼睛睁圆了，"真的吗？"

"都怪你！"我冷不防地就揍了哥哥的脸。啊，这个手哟烂掉吧！完全没来由的愤怒。我感到想死般的羞耻，你们却装文雅，以一副若无其事的样子活着，去死吧！在如此凶暴的感情驱使下，我挥拳揍了哥哥。哥哥像小孩子一样，哭丧着脸。

"对不起、对不起、对不起。"我抱着哥哥的脖子哇哇大哭起来。

工读学生木岛把我扶进了房间，帮我脱了衣服，一边小声说道："难为你了哦。对吧，才十七岁，太难为人了。要是你的父亲还在的话就好了，对吧。"他好像误解我了。"我们不是在吵架，笨蛋，不是吵架哦。"我哭着把这句话重复了几遍，但是木岛这人是不会懂的。我让木岛给我盖完被子，就睡了。

我现在在被窝里趴着，写着这"最后"的日记。够了，我要离开这个家，从明天开始自力更生。就把这本日记当作我的纪念物，留在这个家里吧。哥哥读了会哭泣吧。他是个好哥哥。哥哥从我八岁开始，就代替父亲疼爱我、引导我。如果没有哥哥，我现在可能已经变得非常坏。因为哥哥是个很好的哥哥，所以父亲在那个世界才能够安心。母亲这段时间的情况也在变好，让人觉得她马上要彻底痊愈了，这是令人高兴的事情。就算我离开了，也不要泄气，请一定要相信进会成功，悠闲度日吧，我一定不会堕落的。我一定会战胜这个世界的。总有一天，我一定会让母亲特别高兴的。再见。桌子呀，窗帘啊，吉他呀，圣母像啊，各位再见。不要哭泣，带着笑容面对我的离开，祝福我吧。

别了。

四月四日。星期二。

晴天。我现在在九十九里滨的别墅里，非常幸福地生活着。昨天哥哥带我来的。昨天我们坐了下午一点二十三分的列车，从两国站出发，我像出生以来第一次旅行一样，心情激动地望着窗外的风景，不住地东张西望。离开两国站，一段时间内线路两侧只有工厂，正想着还是工厂的时候，在那之间出现了整片破败的小房子，像无数蚜虫聚到一起一样，突然又视野开阔，可以看到少量的绿地，不时出现几栋像职员住宅一样的红砖小房顶，星星点点。人们住在这像垃圾场一样的郊外，他们的生活是怎样的呢？我对此思考起来。啊，民众的生活，实在令人怀念，而又感到悲伤。我觉得自己还不够辛苦。我们在千叶等了十五分钟，然后换乘了胜浦方向的列车，傍晚的时候到了片贝。但是却没有巴士了，最后一班巴士在三十分钟之前已经出发了。我们两个人想叫个一日元出租①，但司机好像生病了，谈不到一起。

"步行吧。"哥哥缩着脖子，很冷的样子。

"好呢。我来拿行李吧。"

"好的。"哥哥露出笑容。

两个人先去了海岸。去海边相对来说比较近。夕阳照射着沙滩，沙子黄灿灿的、美不胜收，但海风狠狠地击打着脸颊，凛冽刺骨。我已经有四五年没来九十九里的别墅了。这里距离东京太远了，而且地点也很偏僻荒凉，就算是暑假，我也基本是去沼津的母亲老家。虽然很久没来，但九十九里的海还是一如既往地宽广湛蓝，大浪无休止地掀起又落下。我小的时候每

① 一日元出租：当时市内不论去哪里都收一日元的出租。

年都会来。别墅被叫作松风园，是九十九里的闻名之地。众多避暑客，都会来参观别墅的庭院，据说父亲都一视同仁、接待周到，让大家都尽兴而归。父亲好像真的很爱让人高兴。现在只有一名叫作川越一太郎的上了年纪的巡警，和年迈的妻子阿金共同住在别墅看守着，我们家里人也不怎么来了，除了"一点点"女士偶尔会带着弟子或朋友来。房子近乎成为一间废屋了，庭院也任其荒废了，现在的松风园，都要消亡了。九十九里的避暑客们，也已经把松风园忘掉了吧，连造访庭院的好奇之人好像都没有。我思考着这些事，跟在哥哥的后面，傻傻地踩着沙子走路。两个黑色的人影长长地落在沙子上。两个人，在芹川家，只有哥哥和我两个人了。我们两个无论如何，一定要同心同德、互相支持。

到别墅的时候，天已经全黑了。因为提前发了电报，所以阿金婆婆已经做好了准备等着我们了。我们立马泡了澡，晚餐吃了好吃的鱼，在房间里一躺下，肚子深处就传出一声很大的叹息。

一号和二号那地狱的狂乱，现在都让我觉得是一场梦。二号早上，我凌晨就起了床，将随身携带的东西装入皮箱，偷偷地溜出了家门。一号早上拿到的四月的零花钱有二十日元，现在还剩下一半以上。但这样也觉得心中没底，我没忘记带上从哥哥那儿借的一块怀表和我自己的一块手表，两个加到一起能卖一百日元左右。外面雾很浓，到了四谷见附，天空开始发白。我乘上了国营列车，去横滨。为什么我会买了到横滨的票？我也讲不清楚。总之就是感觉如果去了那里就会有好运。但是什么也没有。我在横滨公园的长凳上，坐到了中午左右，一直眺望着港口的轮船。海鸥在飞翔。我在公园的小卖店买了面包吃了。然后我拿上行李，去了樱木町的车站，买了到大船的票。如果活不下去了我就去做电影演员。去年，被一位叫作"狸猫"的数学老师侮辱，干脆决定不上学的时候，我也决定做电影演员，自己养活自己给他们看看。不知为何，我会抱着这样自负的念头，觉得只要成为演员，我就能获得卓越的成功。这不是对长相的自负，而是对教养和技艺的自负。我并不憧憬当演员，我甚至觉得做演员是痛苦的、凄惨的。但是除了这个职业之外，我想不出我还能做什么。我没有信心送牛奶。我在大船下了车。无论发生任何事，我都打算要坚持到见到任意一名导演。我在知道我落选一高之后，立马就决定这样做了。我决心最后就靠这个了。眼中仿佛看不到任何东西一样，我干劲十足地直接去了摄影师的正门，但是最后以深刻的苦笑而结束。今天是星期日！都是因为星期日，我的命运又一次逆转。

我拿上行李又回了东京。东京的夕阳特别美。我坐在有乐町月台的长凳上，一直眺望着建筑物上明明灭灭的霓虹灯，直到泪水模糊了我的双眼。那个时候，某位绅士轻轻地拍了拍我的肩膀。在这里哭是不行的。我被带到了派出所，但得到了很礼貌的接待。似乎是父亲的名字起了作用，哥哥和木岛一起来接我了。三个人坐上了汽车，木岛冷不防地说了一句话。

"话说，日本的警察真的是世界第一呢。"

哥哥一言不发。

到家门口下车的时候，哥哥不知是和谁说话，"我什么都没跟母亲提哦。"他快速地说道。

我那天晚上非常疲倦，睡得很死。接下来第二天，哥哥把我带到了九十九里海滩。也就是昨天的事情。我们沿着海岸走着，在太阳落下的时候到了这家别墅，泡了澡、吃了好吃的晚餐，仰躺在房间里睡下，声音很大的、长长的一声叹息从肚子深处溜出。晚上我和哥哥并排睡着，很久都没有这样了。

"让你去考一高什么的是我的错，是哥哥不好。"

我该怎么回答呢？轻松地说一句"不是、是我不好"什么的，然后若无其事地把那个场面给圆过去，这样的伎俩我做不到，这样虚情假意不诚实的行为是我做不出来的。我只是在心灵深处，以一种苦闷的心情，悄悄地对哥哥和神道歉，请求着哥哥和神的原谅。我蜷缩在被子里，不知如何摆放这具身躯。

"我看了你的日记了。看了那个，连哥哥我都想一起离家出走了。"哥哥说着，低声笑了，"但是那样会很滑稽吧。这也难怪，如果连我都神色大变、慌慌张张离开家里的话，也太荒谬了。木岛也会惊讶吧。然后木岛读了日记，接着也离开家里。然后母亲和阿梅也都离家出走，大家再一起新借一个房子什么的。"

我也终于笑了。哥哥是为了不让我尴尬，才会开这样的玩笑。总是如此。哥哥是比我还要懦弱的人。

"R大学什么时候公布来着？"

"六号。"

"我想R大学会过吧，但如果真过了，你想直接去吗？"

"去也行……"

"说清楚比较好，是没有去的想法吧？"

"没有呢。"

两个人都笑了。

"说点轻松的吧。实际上哥哥上个月也退学了，一直白白交学费也没有意义呀。从现在开始，我计划十年间想办法写出好的小说，迄今为止写过的都不行，只是自以为是罢了，完全不行。我的生活也很散漫，一个人装作个大师样，熬夜什么的，从今年开始，我打算重砌炉灶试试看，进也稍微试试看怎么样？从今年开始一起学习吧？"

"学习？再考一次一高？"

"你在说什么呢，我不会再勉强你了。只为了考试的学习不是学习。在你的日记里不是写着吗？写着将来的目标不知不觉就已经决定了，那个是假的吗？"

"虽然不是假的，但实际上我自己也不是很清楚。虽然我觉得是很明确地决定了，但具体来说，又不是很清楚。"

"电影演员。"

"怎么会？"我非常惊慌。

"是那样吧。你想成为电影演员也没什么不好的不是吗？如果成为日本第一电影演员，不是很了不起吗？母亲也会高兴的吧。"

"哥哥，你生气了吗？"

"我不会生气的。但是我很担心，非常担心。进，你已经十七岁了。不管要成为什么，都必须要用功。你明白这点吗？"

"我和哥哥不一样，我脑子不好使，好像也没有什么其他能做成的事情。所以我考虑去做演员，但是……"

"是我的错。我不应该不负责任地把你卷入艺术的氛围里。是我疏忽了，该罚我。"

"哥哥，"我憋了火，"艺术是那样坏的东西吗？"

"如果失败了就会很悲惨。但是如果你打算从今以后拼命学习这方面的知识，哥哥我也不会有任何反对。不要说反对了，我会和你互帮互助共同进步。那从现在开始修行十年，能做得到吗？"

"我可以的。"

"好的。"哥哥叹了一口气，"如果这样，那你先去R大学吧，不论是否毕业，总之先进R大学，多少也先体味一下大学生活。约定好了哦。然后不要想着现在马上就去演电影，先花五六年，甚至七八年，在某个一流剧团充分地训练基本技能。至于进哪里的剧团，我们之后再一起研究吧。先到这里，没有意见吧？哥哥困了。睡吧。十年勉强度日的生活费是有的，不需要担心。"

我想把我将来全部的幸福的一半，不，五分之四，都给哥哥。因为我此刻的幸福，太大了！

我今早七点就起了，已经很久没有这样神清气爽的清晨了。我和哥哥两个人光着脚，跑到沙滩来赛跑、相扑、跳高、三级跳远，中午过后，开始打高尔夫。虽说是高尔夫但也不是正式的，我们用布厚厚地卷住墨水瓶做成球，然后用棒球球杆按照高尔夫的形式来击打，击入田地对侧大概百米距离的松树下的小洞，途中的田地是非常大的难关。太快乐了，我们一起大声笑着。咣的一声把墨水瓶做的球打飞的话，真的特别爽。阿金婆婆给我们带来了年糕和橘子。我们感恩戴德，一顿狼吞虎咽之后就继续打高尔夫。我只打进了六次，这是今天的记录。海边有四个孩子，不知什么时候开始跟着我们走着。

"俺记住了。"

"俺也记住了。明天打到这个洞里就好了。"等等，他们偷偷地说着话，想加入我们的样子。

哥哥说着"那你来打打看"，递出了棒球杆，果然他们心花怒放，一边说着"俺记住了哦"，一边随意地挥着棒球杆，非常可爱。一想到这些孩子每天不知怎么在玩耍，我的眼泪就要掉下来了。啊，大家都一样，谁都想变得幸福。孩子们才真的是如饥似渴地玩耍着。我们都累了，就躺在沙滩上。夕阳——从云的裂痕之间看到的红色的光芒，仿佛燃烧着的鲜红丝带。我抬头一看，包围着别墅的松林也染上了这红色的光芒，通红的闪闪发光。大海……铫子半岛，也能看到一层幽微的紫色光晕，水平线就像镜子的边框，有着模糊的绿色。海鸥小小的，贴着海面飞翔。波浪滚滚，涌起又落下。啊！人生里还有这种时刻。啊！今天我谁也不用顾虑，充分体味着这美妙的幸福感！人在幸福的时候，变成傻瓜也行的。神也会原谅的。这一天是我们两个人的安息日。哥哥在贝壳上用铅笔写了诗。

"写了什么？"我说着想偷看。"写了秘密的祈祷哇。"哥哥说着笑了，把贝壳扔回了海里。

回到家，泡了澡，吃完了晚饭，就已经困了。哥哥早早就钻到了被窝里，打着鼾睡着了。我从来没见过睡得这么好的哥哥。我先睡了一小会儿，然后又起来写了这篇日记。我打算把这三天发生的事情毫不掩饰地写下来。一生都不要忘记这三天！

四月五日。星期三。

大风。早上如此豪壮的大风，是城市里的人无法想象的，实在太可怕。可以说是台风般强烈的西风，吹得地面都震动了，而且家里西侧的松树又被砍去了两三棵，实在是扛不住。大风呼呼的，要把房子给吹破了的架势，总之非常激烈，甚至感到痛快，让人一步也没有办法外出。到了下午，西风似乎变成了东北风。我上午把川越先生的小狗崽儿抱到了房里玩，有五只，据说是才出生不久的，实在是可爱。它们毕竟还是怕风，浑身哆嗦。和它们贴贴脸蛋，奶味儿就冲到鼻子里来，比任何香水的味道都要高贵，把五只都一起裹到怀里就很发痒，我不由得"哇啊"地惊叫了一声。

哥哥下午坐在桌子前，在稿纸上非常投入地写着什么。我随意躺在他的旁边，读了一点《黎明之前》①，那实在是难懂的文章。

到了夜晚，风稍微平息了一些，但还是很强烈地摇动着防雨门板。外面明明是非常美好的月夜。风啊，你怎么粗暴地刮都可以，但是只请你不要将那月亮和星星吹走。哥哥晚上也一直在写作。我在床上又读了一点《黎明之前》。

明天是 R 大学公布结果的日子。木岛应该会用电报通知我结果。我有点在意。

---

① 《黎明之前》：日本诗人、小说家岛崎藤村（1987—1943）的长篇小说。被评价为代表日本近代文学的小说之一。

四月六日。星期四。

时晴时阴。早上下了点儿雨。海滨下雨就像静默的电影，即便落雨，亦是无声，全部都被沙子充分吸收了。风也全停了。我起了床，眺望了一会儿雨中的庭院，然后自言自语了一句"好了，睡吧"，就又钻到被子里去了。哥哥宛如普希金[①]的神情一样，香甜安静地睡着。哥哥偶尔会自嘲脸很黑，但是我喜欢像哥哥那样略黑一点、阴影很多的脸。我的脸只是平板单调，整体很白、双颊泛红，一点儿忧愁的样子也没有。据说让蚂蟥吸脸蛋，能把双颊的红晕吸走，但是有点恶心，我没有实践的勇气。就算是鼻子，哥哥的鼻子骨节分明，鼻梁棱角分明，富有创造性，但是我的鼻子只是硕大浑圆。某天我起劲地聊着朋友的容貌，哥哥突然在旁边说道："你是美男子哦。"整个场子都因为这句话冷了下来，那个时候我是有怨气的。我绝对没有自己是美男、其他人都是丑男这样的想法。哪有的事儿啊。如果自己真是绝世美男，应该索性完全不关心他人的容貌什么的吧，就算面对他人的丑貌，也会是非常宽容的吧。然而像我这样对自己的容貌非常不满意的人，是非常在意他人的长相的，会觉

---

① 普希金：亚历山大·谢尔盖耶维奇·普希金（1799—1837），俄国诗人、作家。代表作品《假如生活欺骗了你》《自由颂》等。

得"想必他一定很忧郁吧",产生这样的共鸣,不可能毫不关心的。我的长相和哥哥比起来,没有他百分之一的美。我的脸没有任何精神层面的东西,就像一个西红柿。哥哥虽然现在自嘲皮肤黑,但如果因为文笔出了名以后,被人称作小说界首屈一指的美男子的话,他一定会惊慌失措的吧。他和普希金有点像吧。我的脸则会出现在百人一首①的花牌中。我迷迷糊糊睡着,做了各种各样的梦。好像是在上野站附近,四周都被火车围住,我正泡在澡盆的热水中东张西望。突然,头顶上如雷霆落下般响起贝多芬的第七交响曲。我手忙脚乱地站起身来,裸着身子举起双手,开始指挥。交响乐突然消失了。火车上的乘客们透过火车的窗户冷静地盯着我看。我羞耻起来,全裸着扭动着身体,保持着指挥的样子,我就这样站在澡盆里,什么都说不出来,只是感到羞耻。连自己都笑出声来,睁开了眼睛。虽然是个短短的梦,但是听到了一直想听但许久未听到的贝多芬第七交响曲,非常感激。我又再次迷迷糊糊睡着,这次梦到了考试。正面有舞台,正觉得这个考场异常气派,原来是帝大的入学考

---

① 百人一首:藤原定家从《古今和歌集》《新古今和歌集》等《敕撰和歌集》中,依年代先后挑选出100位介于天智天皇到顺德天皇间的杰出歌人及其一首作品,结集成《百人一首》,又称《小仓百人一首》。《百人一首》以和歌搭配画作的形态普及于庶民阶层。

试。但是来的监考老师是"狸猫"，这太怪异了。考生都是面熟的四年级学生。虽然是英语考试，但是考卷上却画着虎的图案。我没有办法解答。"狸猫"走到我旁边，说要不要他来告诉我答案。我说不需要，请你走开。但是他却嘻嘻笑着说不，一定要告诉我。真的是极其讨厌。我跟他说，就写个悲剧就好了吧，他说，不，是羽衣①哦。正想着他说的话好奇怪啊，铃声就响了。我把白纸直接递给"狸猫"，去了走廊。走廊上大家吵吵嚷嚷的。

"明天的考试是什么？"

"是远足的考试吧，骨头要断了呀。"

"注意要带的零食呀。"

"我又不是相扑部的。"这说法很像是木村。

"可是鞋子要二十五日元啊。"

"喝完酒再去看红叶。"这似乎也很像木村。

"有酒就够了。"

"小进，录取了哦。"这是哥哥现实里的声音。他站在枕头

---

① 羽衣：传说用鸟羽制成薄而轻的衣服，天仙穿上可在空中飞翔。

边，笑着。一瞬间不知为何非常难为情，我从哥哥那里接过电报一看，写着"完美通过，万岁"，我更加害臊了。自己的一点点小成功，在旁人眼中如此轰动，我没来由地觉得羞耻，甚至觉得大家都在笑我。

"木岛也真是夸张啊！还说万岁什么，耍我呀！"我一边说着一边把被子蒙在头上。除了这样做以外，我也不知道该怎样了。

"木岛也是打心眼儿里高兴吧。"哥哥用一种责备的语气说道，"对于木岛来说，就算是 R 大学，也是耀眼夺目般的好大学。而且实际上不论什么大学，学习内容都是一样的。"

我知道哦，哥哥。我把脸从被子里伸出来，不由得笑了。微笑的脸已经不是中学生的笑脸了，盖住被子的中学生把脸从被子里轻轻伸出来的时候，已经变成真真正正的大学生了，这才是"没有任何玄机"的魔法。啊，写得稍微有些高兴过头了。害臊。R 大学，算什么嘛。

今天不论走在哪里，莫名都有一种脚不沾地的感觉，像踩在软绵绵的云上行走一般。哥哥说："我今天也有这样的感觉。"夜晚，我们两个一起去了片贝町，很是吃惊，那里完全不一样了，不再是以往片贝小镇的模样了。怎么会有早上的梦延续的感觉。小镇面目全非，冷落萧条，哪里都是一片漆黑，而且鸦雀无声，没有一点人的迹象。在大约五年前的夏天，避暑客熙熙攘攘的片贝银座，现在却一盏灯都没亮，彻底黑暗了。从远处传来的狗吠异常骇人。不仅仅是季节的缘故，确实是片贝町本身衰落了。

"就像被狐狸骗了一样。"我这样说了之后，哥哥认真地回复："不是，可能我们真的被骗了，太奇怪了。"

我们去了以前熟悉的台球场。那里只剩一个昏暗的灯泡亮着，空荡荡的，内部的房间里，有位不认识的老婆婆一个人睡着。

"要打台球吗？"她用嘶哑的声音说道，"要打的话，自己去壁橱里拿球。"

我想跑。但是哥哥却满不在乎地进到了她的房间，越过老婆婆的被窝，打开壁橱取了台球，我大为吃惊，哥哥今天果然是不太正常了。我们说好只玩一局。在发黑的呢绒布上慢慢滚动的球，像是某种生物般，有点阴森森的感觉，所以胜负还没分出来时，我就说着不打了不打了，跑到外面去了。我进了荞麦面店，一边吃着微温的天妇罗荞麦，"怎么回事呢？今天晚上意志和行动完全分离了一样，我的脑子是不是变得奇怪了呀。"

我一边这么说，哥哥笑嘻嘻地说："毕竟你成了大学生，所以才会觉得今天很奇怪的哦。"

"啊，完了！"我感觉被戳中了要害一般。今天奇怪的原因，比起片贝町，可能还是因为我有点上头了。即便如此，连哥哥都说和我一样感觉脚不能着地，还赞同我，真是太奇怪了。哥哥也和我一样，高兴得丢了魂吧。笨蛋哥哥呀，就为了这点小事，如此兴奋。

总有一天，我要让他更加高兴。今天一天，就好像是在做梦一般，但如果真的是梦，请不要让我醒过来。波浪的声音钻入耳朵，不怎么能睡得着，但是这样一来，我感觉将来的道路，一下子清晰起来。我要感谢神。

四月七日。星期五。

晴天。东边轻轻吹来微风。我想回东京了，对九十九里多少有些腻了。吃完早饭后两个人马上一起去海边打高尔夫，但不如最初那样有趣了，没了兴致。正打高尔夫的时候，住在别墅旁边的叫作生田繁夫的十八岁的中学生，说着"你好"过来了，我们也跟他打了招呼，马上他就把笔记本戳到我的鼻尖上说"请解开这道代数问题"。真是相当没礼貌。虽然我和这个人小时候经常一起玩，但久别重逢，连招呼都没打好的时候，就说"请解出这个问题"，是相当失礼的行为，甚至让我怀疑是不是对我们抱有敌意。他的皮肤也变得黝黑，我都认不出了，他已经完全成为海边青年。

"做不出来的样子呀。"我根本没怎么看问题就说。"可是你不是进了大学吗？"他追问道，完全是想和我吵架。我感觉很糟糕。

"你从哪里听到的？"哥哥平静地问道。

"昨天不是说有电报来了嘛。"繁夫兴致勃勃地说："从川越奶奶那里听来的。"

"啊，是这样。"哥哥点点头，微笑着说道，"终于考上了。小进似乎没怎么准备考试，你解不开的难题，他也是解答不了的吧？"繁夫眼看着面露喜色，"这样吗？我是想着中学读四年就能上大学的人才，应该能轻而易举地解答这样的问题，才来请教的，真的是失礼了。这个因数分解的问题，是相当有难度的。我明年想报考高等师范。我没有什么天分，中学五年级才报考。哈哈哈哈。"他发出空虚卑鄙的笑声走了。真的是蠢货！可能是环境让这个人如此扭曲，但就因为这样愚蠢的人，这个世界会怎样无意义地徒增黑暗啊！不用一一和我竞争，挑我毛病刁难我吧。就算进了 R 大学，我也一点儿不会骄傲，更不会轻视他人。哥哥目送着繁夫扬扬得意的身影，"就因为也有那样的人啊。"他嘟囔着，叹了一口气。

我们完全没了精神，不知怎的，感觉在这样的地方悠闲玩耍是很罪恶的事情了。

我说"这就是所谓狐狸有洞，天空的飞鸟有窝①吧"，哥哥说："看！但日子将至，新郎要离开他们。②"然后笑了。这样的对话如果让繁夫听到了，会觉得不堪入耳、装模作样吧。那我们要怎么办呢？我们一点儿都没有骄傲自大，明明无论何时都很克制。啊，我想回东京，乡里太麻烦了。我们没有再打高尔夫的兴致了，说着悲伤的笑话，一起回了家。

中午又搞砸了一件事。这是很大的失败。然而从头到尾都是我一个人的错，真是难堪。

吃完中饭，我把哥哥拉到院子里给他拍照，听到了叫石冢的老爷爷的两个孙子，在围墙外偷偷说着话。

"俺在三岁的时候，也让人给我拍过照。"男孩子得意地

---

① 狐狸有洞，天空的飞鸟有窝：出自《圣经》，原文为"狐狸有洞，天空的飞鸟有窝，人子却没有枕头的地方"。
② 但日子将至，新郎要离开他们：出自《圣经》。

说道。

"三岁的时候？"这是妹妹的声音。

"是的，俺戴着帽子拍的，但是记不住了。"

哥哥和我都笑出了声。

"进来玩吧。"哥哥大声说，"给你们拍照哦。"

围墙外，安静下来。石冢爷爷过去是看守这栋别墅的人，现在也还在这附近住着。孙辈两人，大的男孩子十岁左右，小的女孩子七岁左右。过了一会儿，两个人通红着脸，迈着小步进到院子里来了，马上就站住了脚，两个人的脸蛋像要烧起来一样，越来越红，害羞着不上前一步，忸怩的样子十分文雅，让人很有好感。

"到这边来。"哥哥招了招手，然后，啊，我说了很不恰当的话。

"给你们点心吃哦。"

女孩子一下子抬起头，然后马上背过身去，吧嗒吧嗒地跑走了。男孩子似乎不如女孩子那样敏感，稍微有点慌张，但也马上追着女孩子跑了。

"突然说什么给点心吃，连孩子也会感觉到侮辱的，自尊心会说，本来不是为了点心才来的。"哥哥用非常失落的神色说道，"真的是笨啊。就因为这样，繁夫才会对你反感的吧。"

我一个字都解释不来。果然我还是哪儿有着骄傲的心情吧。没用又轻浮哇，我。

乡里怎样都待不下去了，一直在栽跟头，心情灰暗，我还想着要去石冢爷爷家给那对小兄妹道个歉，但最终没去。我觉得太夸张了，很是羞耻，怎样都没法去。

我想明天回东京。我跟哥哥这样商量，哥哥也说正想着差不多要回去了，赞成了我的想法。

傍晚，泡完澡我对着镜子看，鼻头被晒得通红，就像漫画一样。眼皮一会儿变成双层，一会儿又变成三层，一会儿又变单了，每次眨眼都有变化，眼睛可能凹陷进去了。运动过头，我反而瘦了，感觉得不偿失，想早点回东京。我果然还是城市的孩子。

四月八日。星期六。

九十九里晴，东京雨。到家的时候差不多是晚上七点半。姐姐来了家里。我感觉很奇怪。"就在刚刚这会儿到的。"姐姐一本正经地说道。可那之后木岛不小心把姐姐从前天晚上就来了的事情说漏嘴了。姐姐为什么要撒这么没必要的谎呢？可能是有点什么问题吧。总之因为很疲乏，我们就泡了澡，立马睡了。

四月九日。星期日。

阴天。下午一点起的床。果然在自家才能睡得很熟。可能是被子的缘故，哥哥似乎比我起得早得多，然后和姐姐就什么事在拌着嘴。姐姐和哥哥都竖着刺，一定是发生了什么。过会儿就能知道真相吧。姐姐没怎么和我搭话，傍晚的时候就回下谷去了。

晚上，哥哥带着我去了神田，给我买了大学的鞋帽。我戴着这顶帽子回了家。在回去的巴士上，我问："姐姐怎么了？"哥哥喊地咂了一声说："她说了蠢话。真的是太愚蠢了。"那之后就一言不发了，那才真是像嚼了苦虫子般的愁眉苦脸，好像特别生气。

一定发生了什么。但是我什么都不知道，也没法多嘴，暂时先旁观吧。

明天西服店会来家里量西服的尺寸。哥哥说也会给我买雨衣。我名副其实地越来越有大学生的样子了。时光就如流水。通过 R 大学的考试，果然是一件好事呀，今晚我越发这么觉得。

再过一段时间，我打算正式开始学习表演。哥哥说会先给我介绍表演的好老师，可能是斋藤氏。斋藤市藏氏的作品在日本已经成为经典，我虽然没有批评的资格，但我觉得他的作品很具备一般性，还差了点什么。但其作品规模巨大，如果做老师的话，那样的人也许是最好的。

哥哥说了，艺术的道路是很困难的，但是重在用功。只要用功精进，就能消除不安。像这样能走上自己想尝试的道路，都是哥哥的功劳。一辈子都这样互相支持、共同进步，然后收获成功吧。母亲也总是说"兄弟和睦"。她也一定会为我们高兴的。

哥哥从刚刚开始就在母亲的房间里谈话，相当长的谈话。确实是出了什么问题没错了。心焦。

四月十日。星期一。

晴天。学校来了正式的录取通知书，开学典礼在二十日，如果西服能在那之前做成就好了。今天西服店里的人来给我量尺寸。我没有订流行的款式，而是选的保守款。穿着流行款的学生制服走在路上，看起来脑子不好使，万万不可。穿着朴素的学生制服走在路上，会看起来是个有才华的人。哥哥之前也穿的是没什么特别的普通款，这样看上去特别聪明。

傍晚，阿吉来玩了，她是商大生，阿庆的妹妹，还是女学生，却很神气活现。

"听说你进了 R 大学吗？还是放弃为好。"真的是太粗鲁的问候。

"因为商大很好是吧。"我这么一说，她又说商大也很无聊。我又问那什么好，她说中学生可爱，是最好的。简直没法儿沟通。

她让阿梅给自己缝了裙子的开缝，缝完之后就赶着回去了。还是西服的事情，女学生的制服为什么那么土气，还很邋遢。就不能做得再利落一点吗？有那种走在路上让人惊艳感叹的校服吗？大家都像水老鼠一样，连服装都是那样，心态就完全像一只水老鼠一样，哧溜哧溜的。话说回来，她们也根本没有任何尊敬男子的感觉，让人震惊。

哥哥下午出了门。现在是晚上十点，他还未回家。事情的轮廓我也基本明白了。

四月二十四日。星期一。

晴天。我对大学幻灭了。从开学典礼的那天起，我就已经感到厌烦了。大字和中学没有任何不同。我期待的宗教般洁净的氛围什么的，哪儿都没有。班里有七十人左右，大家明明都是二十岁左右的年轻人，在智慧这点上，却像流口水的小儿一般，只是叽叽喳喳地吵嚷着，甚至让我怀疑他们是不是白痴。跟我同一个中学的还有一个叫作赤泽的，赤泽是中学五年级时考进来的，我们不是很熟，只是点头之交。所以我在班上完全是孤立的。白痴五十人、书呆子十人、墙头草五人、暴力派五人，我在开学典礼时，就早早地将班上的学生进行了这样的分类。我认为这样的分类是正确的。以我的观察，应该是万无一失的。天才般的人，我一个都没见到，真是令人沮丧。这样的话我似乎就是班上的第一号人物了，真让人提不起劲儿。我还以为会到处都有共同交谈、互相激励的优秀竞争对手，结果却完全像又在重新读中学一样。还有带了口琴什么的到教室来的学生，真是受不了。二十日、二十一日、二十二日，连续三天去学校，我已经厌烦了。我不想上学了，想早点去哪里的剧团，开始严格的正式学习。学校什么的完全是无用的存在。我昨天一天都在家，读完了《缀方教室》①，思考了许多，晚上没怎么睡着。《缀方教室》的作者现在和我同样年纪，我实在也不能磨磨

① 《缀方教室》：1937年出版的书籍。由东京下町的小学老师大木显一郎指导、编辑、解说，收录了本田小学4年级的丰田正子的26篇作文。

蹭蹭了。即便是贫穷，而且没什么文化的少女，也能做到这种程度。对于艺术家来说，受到恩泽的环境反而是不幸的事情不是吗？我是这样认为的。我也想快点从现在的环境中脱离出来，作为剧团的贫苦研究生，忘掉一切、全神贯注于表演这一件事。早上过了四点，我才终于迷迷糊糊睡着，七点的时候被闹钟惊醒，起床之后一阵眩晕。即便如此，因为痛苦的义务，我必须拖着沉重的双腿去学校。

校舍太安静了，我纳闷着去了办事处，也没有人影。我突然意识到了，今天是靖国神社的大祭典，所以学校放假了。这是孤立派的失败。要是知道今天休息，我昨天晚上会更加快乐吧。真是愚蠢。

但今天天气很好。回家途中，我顺道去了高田马场的吉田书店，悠闲地淘了淘旧书。我偶尔会觉得头晕眼花。最后我挑了几本"theatreux"①、科克兰②的《演员艺术论》和泰洛夫③的《被解放的戏剧》，让人给我包起来。还是有点头晕，回了家，我立马就睡下了，好像也有点发烧。我一边躺着，一边看

① "theatreux"：1934年创刊的日本戏剧杂志，在法语中"theatreux"的意思是戏剧演员。
② 科克兰：康斯坦特·科克兰（1841—1909），法国演员，巴黎圣马丁门剧院的经理。在法兰西喜剧院活跃26年之后，在巴黎圣马丁门剧院当上了首席。
③ 泰洛夫：亚历山大·泰洛夫（1885—1950），生于乌克兰，戏剧艺术主要的改革者之一。

今天买来的书的目录。书店里没有什么关于表演的书，所以有点棘手。如果是国外的书，哥哥那儿有一些关于表演的，但我读不懂。今后必须充分掌握外语，如果语言学得不好，总是不方便的。

睡了一会儿，起来的时候是下午三点。阿梅给我做了饭团，我独自吃了，但吃了一个之后开始恶心，身上极其发冷，就又钻到被窝里去了。杉野很担心我，给我量了体温，三十七度八。她问，要请香川先生来吗？不需要，我拒绝了。香川先生是母亲的主治医生。这个人有点哗众取宠的感觉，我不是很喜欢。我从杉野那里拿了阿司匹林喝了，迷迷糊糊的，出了很多汗，感觉清爽了起来，我觉得自己没事了。哥哥早上就为了先前的那件事去了下谷，还没回来。那件事似乎没法轻易收场。哥哥不在，我总觉得不安，又让杉野给我量了体温，三十六度九。我鼓起勇气趴在床上，开始记日记。"我，对大学幻灭了"，总之就是很想写下这句话。手好酸。现在是晚上八点左右，我头脑清醒，感觉睡不着了。

四月二十五日。星期二。

晴天、强风。今天学校放假，哥哥也说休息一下比较好。

已经完全不发烧了，我睡睡醒醒。

先前说的那件事，是姐姐想跟铃冈先生分开，似乎也没什么直接原因，只是说厌烦了。虽然不是说厌烦不可以是最重大的原因，但具体也没能清晰地说明是什么特别的原因。正因如此，哥哥才特别愤怒。他非常生气，说姐姐太任性了，觉得很对不住铃冈先生。而铃冈先生一点儿也没有要分开的意思，他对姐姐特别满意。但姐姐却毫无理由地讨厌铃冈先生。虽说我不喜欢铃冈先生，但也觉得这次姐姐是不是有点任性过头了。哥哥的愤怒也不无道理。姐姐现在待在目黑的"一点点"女士那里。哥哥很明确地拒绝姐姐来麴町的家里。因为这样，姐姐就带了行李去了"一点点"女士家安置了下来。我总有一种感觉，这次的事件似乎是"一点点"姑妈在暗中操纵。据说铃冈先生非常困惑。哥哥苦笑着说，铃冈先生打扫房间，俊雄君煮饭，那个光景让人印象非常深刻，虽说是很可怜，但也非常奇异，奇异到要笑出声的程度。这也难怪。柔道四段把下襟塞进腰带里，拿着掸子开始打扫拉门；俊雄君则皱起那张长相稀奇的脸，看上去在很落寞地煎鱼。虽然这么说很失礼，但是连想象一下都不得了。太可怜了，姐姐必须为他们回去。虽说没有任何原因，但或许有可能另有很具体的重大原因，如果是这样，大家一起讨论一下原因，改正应该要改正的地方，圆满解决即可。可是怎样都没人征求我的意见，实在是着急，连事情的真相，我都不得而知。关于这件事，我只能暂时处在旁观者的立场上，私下里努力侦查真相。我的想法是，"一点点"女士很可疑，痛斥她一顿，说不定会让她坦白事实真相。过段时间我决定去"一点点"女士家，装作若无其事地去侦查一下。一定是因为她自己是单身人士，所以也想撺掇姐姐，企图做点什么让姐姐也成为单身。铃冈先生也不像是坏人，姐姐也是有着强大精神力量的人，毫无疑问是存在罪恶的第三者。总之必须更加清晰地暗查出事情的真相。母亲是坚决站在姐姐这边的，似乎还是想让姐姐一直留在自己的身边。这件事好像还没让其他亲戚知道，但现在支持姐姐的有母亲和"一点点"女士，铃冈先生的支持者只有哥哥一人，哥哥在孤军奋战。他这段时间心情很差，有两三次都喝到烂醉才在深夜回家。哥哥比姐姐小一岁，所以姐姐一句都不听哥哥说的话。但哥哥现在是户主，有对姐姐命令的权力，这就是很难办的地方。哥哥对这件事的态度似乎非常强硬。姐姐也好像不会轻易妥协，如果是"一点点"女士在旁边控制着她就完了。总之我必须再推进一下内部侦查的进度，到底现在事情发展到何种地步了呢？

今天我被哥哥训了一顿。晚饭后我若无其事地、用很轻松的口吻嘟囔道："去年今天这个时候，姐姐出嫁了，那之后都过去一年啦。"这么说是企图从哥哥那里获得一些信息，却被哥哥识破了。

"一年也好一个月也好，只要是嫁过去了的人，就没有毫无理由便回娘家的做法。进对这事很感兴趣不是吗？不像一个高深艺术家的样子呀。"

我无言以对，败下阵来。但是我偷偷调查这件事，不是出于我卑劣的好奇心，而是希望一家和睦。而且，我不能熟视无睹哥哥的痛苦，我想帮他。但如果这样说的话，哥哥很可能会大声骂我，别说这么狂妄的话！所以我保持了沉默。这段时间的哥哥实在是恐怖。

晚上一边躺着，一边随意读了"theatreux"。

四月二十六日。星期三。

晴天。傍晚开始下起了小雨。我今天去了学校，又听说昨天还是因为靖国神社的大祭典所以休息。什么嘛，也就是说昨天和前天是两天连休。如果早知道，我会更加安心地轻松睡大觉了。总而言之孤立派在这种时候就是会吃亏。但是现在暂时先做个孤立派吧。哥哥似乎在大学也是个孤立派，基本上没有朋友，除了岛村先生和小早川先生偶尔会来家里玩，也就是这种程度了。志存高远的人物，好像无论如何都会有一时被孤立的情形，不能找借口说因为觉得孤独、不方便，就败给世界的庸俗。

今天的汉文课很有意思。因为和中学时的课本没什么变化，我以为又是炒冷饭，让人腻烦，但是上课的内容到底是不同的。"有朋自远方来，不亦乐乎？"只在这一句话上，就花了足足一个小时，我相当佩服。中学时对于这句话，老师只是教给我它的意思，有亲密的朋友从远方突然拜访，我很高兴。汉文老师"蛤蟆仙人"确实是这样教的。教完之后，"蛤蟆仙人"龇牙咧嘴一笑，"无聊的时候，朋友拎着上等好酒一升，鸭子一只等礼物，大声打着招呼出现在院子里，那真的高兴啊。说不定真的是人生最高兴的瞬间了。"一个人满心欢喜地说道。然而真是大错特错。根据今天矢部一太氏的讲授，这句话绝非指的是好酒一升、鸭子一只的庸俗现实生活的乐趣，而是完全形而上学的句子。也就是说它的意思是，我的思想当即不被世间所接纳，但出乎意料听到了远方的支持之声，不亦乐乎。老师说这是在吟诵一种喜悦，一种隐约感觉到自己被完全理解时候的心情。理想主义者最高的愿望都被浓缩在这一句话里了。那位主人绝不是无聊地在榻榻米上漫不经心地横卧着的人，而是有着向自己的理想勇敢奋进的姿态。"不亦乐乎"的"亦"也有很多复杂的含义，矢部氏做了长篇说明，但我忘了这部分。总之很遗憾，中学时候的"蛤蟆仙人"对这句话只有好酒一升、鸭子一只的凡俗理解，除此之外似乎没有其他内容了。但是说实在的，我对好酒一升、鸭子一只也不觉得不好，足够开心了。"蛤蟆仙人"的解释，我也很难割舍。我的思想被远方之人理解，然后远方之人带着好酒一升、鸭子一只，在假日的傍晚来到，是我的理想，这样的话可能会太贪了。总之，听着矢部一太氏庄重的授课，我竟然开始怀念起中学的"蛤蟆仙人"来，这也是事实。今年他一定也还在中学，心情雀跃地讲着好酒一升、鸭子一只的课。"蛤蟆仙人"的课像在讲童话故事。

午休的时候，我一个人留在教室，在读小山内熏[①]的《表演入门》。一名大胡子的本科学生慢悠悠地进到教室里来，大声叫道："芹川在吗？"然后又尖声说："什么呀，不是一个人都没有吧？"又朝我问道："喂，小子，你知不知道芹川在哪里？"是个相当急的急性子。

---

① 小山内熏：从明治末活跃至大正·昭和初期的剧作家、导演、批评家（1881—1928），为日本戏剧界的革新奉献了半生。

"芹川就是我。"我皱着眉回答道。"什么呀，是你呀。失礼、失礼。"他说着挠了挠头，天真无邪地笑了，"我是足球部的人，你能来一下吗？"

我被带到了学校的操场。并排的樱花树下，有五六个本科的学生，站着的蹲着的，但是都用同样认真的神色等着我。

"这是那个芹川。"还是刚刚那个急性子，一边笑着一边介绍说，把我推到了大家的面前。

"好的。"一个额头很宽、看起来过了四十的、给人感觉很稳重的学生大方地点了点头，"你已经退出足球部了吗？"他不苟言笑地问我。我感觉到了些许压迫感，初次见面时一点儿也不带笑意讲话的人，我是应付不来的。

"是的，退出了。"我有点迎合他似的笑了笑。

"不重新考虑一下吗？"他还是一点儿都不见笑意，直勾勾地盯着我的眼睛问我。

"这不是很可惜的吗？"旁边有其他本科生附和，"中学时代那么有名来着。"

"我……"我想明确地表达，"如果是杂志部，我会考虑进的。"

"文学嘛！"谁用低低的声音，但是很明显是嘲笑的口吻说道。

"不行吗？"宽额头的学生，叹了一口气，"我们部希望你加入。"

我感觉很痛苦。我其实很想进足球部，但是大学的足球部会比中学的足球部训练得更猛，而且这样的话我就没法学习表演了，我心一横回答道："不行的。"

"太明确了吧。"不知道是谁又嘲笑说。

"不是，"宽额头的学生像在责备那个嘲笑的声音一样，回头看了看，"强人所难也不是办法，不论什么都是拼命做自己喜欢的事才好。芹川似乎是把身体弄垮了。"

"身体没问题。"我得意忘形地辩驳道，"只是现在有点儿感冒。"

"好的。"那位稳重的学生终于笑了，"有意思的家伙。没事也来足球部玩吧。"

"谢谢。"

终于能抽身而逃了，但我很佩服那位宽额头学生的人格。可能是队长吧。R大学足球的队长，我记得去年是一个叫太田的人，那位宽额头的学生，或许就是那位著名的太田队长。就算不是太田，总之能成为这种大学的运动部队长的男人，多少还是具有非常优秀的人格魅力的。

到昨天为止我对大学是全然绝望的，但是说到今天的汉文课和那位队长的态度，我对大学的态度有所改观。

好了。另外，今天还发生了不得了的事情，因为大显了身手，现在我感觉非常疲劳，不详细地书写了。实在是很痛快，明天再悠闲地做记录吧。

四月二十七日。星期四。

雨天。今天下了一天的雨。早上雷声猛烈。昨天大展身手，所以今天早上还是觉得疲乏，起床艰难。我第一次穿上了哥哥新买给我的雨衣，去了学校。昨天那个宽额头的学生果然就是那位有名的太田队长，休息时间我听班上的家伙闲聊知道的。太田队长是 R 大学的骄傲，据说本科一年级的时候就做了队长。我感叹，原来如此。据说他的绰号是摩西①。对这个绰号，我也很是佩服，原来如此。

然后我想写下今天《圣经》课上很有感触的事等，但是那

① 摩西：以色列人的民族领袖，史学界认为他是犹太教创始者。在犹太教、基督教、伊斯兰教、巴哈伊教里都被认为是极为重要的人物。摩西受上帝之命率领被奴役的以色列人逃离古埃及，前往一块富饶之地迦南，经历四十多年的艰难跋涉，到达目的地的时候就在当地去世，享年120岁。

之后还有写的机会吧。总之今天要趁还没忘记的时候，先把昨天发生的事情记下来，毕竟费了大劲。

昨天从学校回家的路上，我突然想顺道去目黑的"一点点"姑妈家。这个想法一冒出来，就觉得怎样今天都必须去了。虽然下午天气变差，感觉要下雨的样子，但我几乎是忘我地去了目黑。"一点点"女士在家，姐姐也在。姐姐有些难为情："哎呀，小男孩稍微瘦了点啊，是吧姑妈？"

"啊，别叫我小男孩了。我不是一直都是小男孩的。"我在姐姐面前盘腿坐下来。

"嘿。"姐姐睁大了眼睛。

"是瘦了，大病了一场呢，今天终于能下床走路了。"我稍微有些夸张地说道，"喂，姑妈，给我茶。喉咙干得不得了。"

"你说什么，你这个语气！"姑妈脸皱了起来，"完全学坏了呀。"

"那肯定学坏啊。哥哥这段时间每天晚上都喝了酒回家。兄弟俩一起变成不良少年了。给我茶。"

"小进。"姐姐一本正经地问我，"哥哥跟你说了什么？"

"什么都没说啊。"

"你真的得了大病？"

"啊，没有很大，太担心了所以发烧了。"

"哥哥每天晚上都喝了酒回家，是真的吗？"

"是呀。哥哥整个人都变了呀。"

姐姐侧过脸去，她在哭。我也想哭，但我告诉自己现在很重要，忍住了。

"姑妈，给我茶呀。"

"好的，好的。""一点点"女士完全看不起人一样地回应我，一边给我倒茶，一边说，"想办法进了大学，还以为总算是可以暂时放心了，转眼又这样学坏。"

"学坏？我什么时候学坏的？姑妈才是学坏了不是吗？哎呀，明明是'一点点'女士。"

"嘿，这算什么事。"姑妈真的生气了。"连跟我说话都这么胡闹了。你看！姐姐都哭了不是吗？我知道的，你被你哥哥教唆，一个小孩子，想胡闹到我家来，真是难看。我知道你们在搞什么鬼，'一点点'女士究竟是怎么回事？你注意下自己的用词。"

"'一点点'女士，就是姑妈的绰号哦，我们都是这么叫你的，你不知道吗？那我享用一点点茶了。"我咕嘟咕嘟地喝着茶，斜眼看着姐姐。她低着头，真是可怜。从头到尾都是姑妈的错，我越发憎恶姑妈了。

"麴町真的到处都是好孩子，很幸福吧。小进，你是个好孩子，快回家吧。回家跟你哥哥说，如果有想说的话，不要把孩子送过来，请自己过来。怎么了？净躲在背后偷偷摸摸，这段时间完全没出现在目黑不是吗？我有很多话想和你哥哥说上一通。他每天晚上都喝了酒回家？没出息。"

"请不要说我哥哥的坏话。"我真的生气了，"姑妈你才应该注意下用词。我不是被哥哥唆使才到这里来的。孩子孩子叫的，你这样小看我，我真的很困扰。就算是我，也能分清楚好人和坏人。我今天是来和姑妈吵架的，这和哥哥没有关系。关于这次的事，哥哥对谁都没说起。他在一个人担心，哥哥才不是懦弱的人啊。"

"算了，点心，吃吗？"姑妈极其狡猾，"美味的蜂蜜蛋糕哦。姑妈我什么都知道得清清楚楚的，不要说些没有意义的胡闹话，吃些点心，今天就先回吧。你成了大学生，整个人都变了呢，在家里也是和母亲这样乱说话的吗？"

"蜂蜜蛋糕？我吃。"我一顿狼吞虎咽，"真好吃呀。姑妈不要生气，再给我一杯茶。姑妈，关于这次的事我一无所知，但是姐姐的心情，我觉得我能体会。"我的态度语气刻意软了下来。

"你在说什么呀。"姑妈冷笑道，但是心情稍微好了点，"你不会懂的。"

"是吗？但是一定是有明确的原因的。"

"关于这个，"她开始说了，"虽然跟你这样的小孩子说也没什么用，有就有，非常之有！"姑妈的话真的很粗俗，我闭口无言了。有就有嘛，真的是过分。"首先，结婚都过了一年了，财产有多少、收入是多少，完全不告诉妻子，这是怎么回事呢？不是很怪异吗？"我沉默着听着。姑妈似乎觉得我听着很有感触，更是来劲了，"铃冈先生现在是很有声望的样子，但追溯源头的话，原来不就是你们父亲的跟班吗？我是知道的哦，你们那时候还小，可能不知道，我可是知道得清清楚楚的哦。他可真是受了不少关照呢。"

"这种事无所谓吧。"我实在是有点儿烦了。

"不，才不是无所谓啊，也就是说，我们才是主人血统啊。怎么着，这段时间很久没去麹町，不用说已经把我的存在忘掉了吧。当然我的话，这样单身着，是个没用的人，旁人都看不起，这没办法，但至少这边是主人血统啊……"她有一种几乎是要捶打榻榻米的气势。

"扯远了，姑妈。"我笑了。

"好了。"姐姐也笑出声了，"比起这个，那，小进？你也好哥哥也好，都很讨厌下谷那边吧？你们也完全看不起俊雄吧……"

"没这回事。"我慌了。

"毕竟今年正月，你们都没来，不仅仅是你们，亲戚之中谁都没有顺路到下谷来，我也考虑了的。"

原来如此，还有这种事，我不由得长叹了一声。

"今年的正月，我非常期待小进来，一直在等着你哦。铃冈也发自内心地喜欢你，小男孩、小男孩地叫着，一直谈起你。"

"我肚子痛，肚子。"我语无伦次了。就算是那样，但对姐姐来说都是相当沉痛的打击吧，我才意识到。

"那样的话不去也是理所应当的。"姑妈这次站在我这边了。乱七八糟的。"怎么样，对方也不来，也很久不到麹町去，甚至不给我寄贺年卡，当然我什么的……"又要开始数落的样子。

"不应该的，"姐姐平静地说道，"说铃冈是书生气也好，什么也好，不仅仅是麹町和目黑，连自己的亲戚家也不怎么去，我要是提起这事，他只说亲戚的事缓办，就没有下文了。"

"这样不挺好的吗？"我有点喜欢铃冈先生了，"如果连至亲的人也像客人一样，必须很麻烦地问候的话，男人是做不成事业或者是其他的什么的。”

“你也这么想？”姐姐看上去很高兴的样子。

“是呀，不用担心。这段时间哥哥每天晚上都一家一家喝酒到很晚的对象是谁，你知道吗？是铃冈先生哦，他们两人似乎大有共鸣，铃冈先生也经常打电话来。”

“真的吗？”姐姐把眼睛睁大了盯着我，眼里闪着欢喜的光。

“当然啊。”我忘乎所以地说，“铃冈先生啊，据说每天早上都把下襟塞在腰带里，自己每天打扫着房间。然后俊雄君用红色的带子束起袖子准备吃的。我从哥哥那里听到这些，突然喜欢上了下谷的家。但是能不能不要叫我小男孩了？”

“我改正。”姐姐喜不自禁，“铃冈经常这么说，连我也变成口头禅了。”在我听来，这是在秀恩爱，但是嘲弄这点就太粗俗了。

“我也不对，哥哥也有稀里糊涂的地方。姑妈，对不起呀。我刚刚说了那么粗鲁的话。”我讨好姑妈道。

“对我来说，没有比能圆满解决更好的了。”姑妈也真是善于见机行事，态度一下子一百八十度大转弯，“但是，小进也变得能说会道了，令人惊叹。但是，那个什么‘一点点’，嘲笑老年人，还是不要了。”

"我改正。"

我心情很好，在姑妈家吃了晚饭，之后回了家。

我从来没有像那天晚上一样，如此焦急地等待着哥哥回来。母亲听说我在目黑的家里吃过晚饭再回来的，特别想知道姐姐现在的情形，一直打听个不停，但是我不想就这样告诉她，就说了一些不得要领的话，然后敷衍说，之后你问哥哥吧，我不是很清楚，就从母亲的房里逃出来了。

十一点左右，哥哥酩酊大醉地回了家。我跟着哥哥去了他房间，"哥哥，我给你拿杯水吧。"

"不需要哦。"

"哥哥，我给你解开领带吧。"

"不需要哦。"

"哥哥，我把你的裤子放在褥子下面压平吧。"

"好唠叨哇。早点睡觉。感冒已经好了吗？"

"我已经忘记感冒什么的了。我今天去了目黑回来的。"

"逃学了？"

"放学回来的路上顺道去的。姐姐说向你问好了哦。"

"你跟她说，我不想听。小进也差不多放弃那个姐姐吧，外人罢了。"

"姐姐非常思念我们，都流泪了。"

"你说什么呢？早点睡，老是操心这么无聊的事是远远做不成日本第一的演员的。这段时间完全没学习吧？哥哥我什么都知道哇。"

"哥哥也完全没学习不是吗？每天光喝酒了。"

"别说些大话，别说。因为我觉得很对不起铃冈……"

"所以，如果我们能让铃冈先生高兴不就好了吗？姐姐一点儿也不讨厌铃冈先生啊。"

"她是跟你这么说哦，小进也终于被收买了。"

"我怎么可能被蜂蜜蛋糕什么的收买呢。'一点点'，不，是姑妈不对哦，是姑妈挑唆的，她说了什么不告诉姐姐财产啊这类的卑鄙话。但是，那都不重要，真的是我们错了。"

"为什么？我们哪里错了？不好意思，我先睡了哦。"哥哥换了睡衣，钻进了被子里。我把房间的灯调暗，给哥哥开了台灯。

"哥哥，姐姐哭了哦。我一说哥哥每天晚上都外出喝酒，喝到很晚才回家，姐姐就小声哭了起来。"

"那肯定要哭的呀。因为自己的任性，害大家都痛苦。小进，把那里的香烟给我拿过来。"哥哥趴在了床上。我用打火机给哥哥点了烟，"然后，姐姐说，小进也好哥哥也好，都很讨厌下谷的家吧？”

“欸？这话说得很怪啊。”

“难道不是吗？现在不一样，但就算是哥哥，以前也完全不去下谷那边的家里玩吧？”

“你也没去呀。”

“是的，是我不好，毕竟铃冈是柔道四段，我很害怕。”

“你也非常看不起俊雄君吧？”

“也不是看不起，就是有点不想见他，心情会很沉重。但是今后我会和他搞好关系的。仔细想来，他的长相很好的。”

“笨蛋。”哥哥笑了，“铃冈也好俊雄君也好，都是非常好的人哦，果然吃过苦的人不一样。虽然以前没觉得他们是坏人，而且如果觉得他们是坏人的话，就不会让姐姐嫁过去了，只是没有想到他们是那么好的人。这一次就越发觉得了。姐姐还不明白铃冈的好。什么？因为我们不去玩，所以姐姐要和铃冈分开吗？这完全不像话啊。这就是所谓任性，又不是十九岁、二十岁的大小姐了，不成样子。”哥哥不轻易让步的样子，可能这就是户主的自尊心吧。

“就算是姐姐，也是清楚知道铃冈先生的好的。”我拼命解释道，“因为那位铃冈先生和我们怎么样都合不来的样子，所以姐姐就有了自己的考虑。姐姐非常看重我们俩，是我们的不对哦。因为她嫁到了别人家，所以就是陌生人了吗？我觉得没有这回事。"

"那到底要我怎么办呢？"哥哥也变得认真起来。

"也不需要做些其他什么，姐姐已经很高兴了哟。我一说哥哥和铃冈先生这段时间每天晚上都一起喝酒，非常有共鸣，姐姐就说，真的吗？说这句话的时候，她真的非常高兴的样子。"

"好吧。"哥哥叹了口气，一动不动的，然后一会儿说，"好吧，我知道了，是我错了。"就突然起身，"已经十二点了呀，小进，没关系，你现在给铃冈先生打电话，就说我现在马上要去他那儿，然后也给朝日出租打个电话，赶紧预约一台出租车。同时我去母亲那里说会儿话。"

我把哥哥送走去下谷，就静下来开始写这一天的日记，但是太疲惫了，中途就停笔睡觉了。哥哥在下谷的家里住了一夜。

今天从学校放学回来的路上，哥哥哧哧笑着，一言不发地把我带去了母亲的房间。

铃冈先生和姐姐坐在母亲的枕侧。我坐到了他们俩的旁边，笑着对他们行了礼。"小进！"姐姐喊了我一声，哭了起来。姐姐嫁人的那天早上，也是这样喊了我的名字。

哥哥在走廊上站着，老成地笑着。我也哭了一会儿。母亲躺着，还是说着："兄弟和睦，……"

神啊，请守护我们一家。我一定会学习的。

据说明天是姐姐结婚一周年的纪念日。我和哥哥商量了，想送给姐姐一份礼物。

四月二十八日。星期五。

晴天。仔细考虑一下，至少作为男子汉，用一种完成某种大事业的心情，不过只是为家里人的纠纷全力奔走，就变得有些得意，实在是羞耻。虽然家庭的和谐也很重要，但是对向理想迈进的男子来说，在外部必须变得更强。今天去了学校，我就更加深切地觉得了。在家里，我被母亲、哥哥和姐姐特别宠爱着，他们夸我机灵，我感觉自己很是了不得，然后向外迈出一步之后，立刻就倒大霉，实在是凄惨。欢天喜地之后，紧接着一定会有低谷的失意向我袭来，这好像就是我的宿命。世界为什么如此小心眼呢？为什么彼此之间要燃起这么不必要的敌意呢？真的是厌烦了。

早上，我在大学正门前下了巴士，突然遇到了前段时间足球部的本科生——那天为了找我跑到教室里来的大胡子学生。因为我对他抱有好感，所以很快就冲他一笑，"早上好。"用很活泼的语气。然后，他实在过分地用非常憎恶的眼神瞥了我一眼后就径直走入正门了，和前段时间那位天真无邪的急性子判若两人。那个眼神无法用语言表达，是非常肤浅的。就因为我没有进足球部，也不必这样突然态度大变吧。不同样都是 R 大学的学生吗？浑蛋！我都想在背后这样骂他了。都已经二十四五岁了吧，这么大年纪了，还如此动真格地憎恨我。我极度轻视那位学生的同时，还有一种发现了人性之恶的感觉，心里觉得非常凄凉。到昨天为止的幸福感，一瞬间被打落到万丈深渊的感觉。真是卑劣的小市民秉性。他们丑陋的卑劣秉性，残酷地伤害着我们欣欣向荣的生活，真让人们扫兴啊。然而我震惊于他们不仅不会反省自己释放出来的毒害，而且完全没有意识到这样的事实。世上最可怕的就是笨蛋了，正因如此我才会讨厌学校的，学校不是做学问的地方，只是卖力于无聊社交的场所。今天班上的学生们，也在兜里揣着少女俱乐部、少女之友、明星等的杂志，悠悠闲闲地来教室了。如今没有像学生这样无知的生物了，我越发深感厌恶。在上课之前，学生们一直玩着孩子们的玩具——纸飞机，说着好厉害好厉害，为了无意义的事情互相惊叹，举止粗俗，尽管那样，等老师一来，就急忙鬼鬼祟祟起来，无论多无聊的课，也都摆出一副乖乖的姿态聆听着。然后放学了，他们就像复活了一般得意起来，开始吵嚷着"走吧去银座啰"！今天早上教室也是一阵叽叽喳喳大吵大闹。我想着是什么事呀，结果是昨天晚上，班上的一个叫K的美男子似乎是和恋人一起在银座散步。然后那位美男子一进到教室里来，大家马上就叽叽喳喳叫嚷起来，除了肤浅以外什么都没有，俗气色情的垃圾堆的感觉。被大家奚落之后脸色通红的K，也是一副顺水推舟的样子，真是有脸笑嘻嘻的，而除了他之外哇哇大叫奚落他的学生，究竟是想做什么呢？莫名其妙！肮脏！卑劣！我远观着这愚蠢的吵闹，强烈的愤怒涌上来。我实在无法原谅这些家伙。我不打算跟这些家伙动嘴。被排挤也可以，在这等人中间，勉强让自己变得无聊是毫无必要的。啊，各位浪漫的学生们啊！青春，似乎是很欢愉的东西吧。浑蛋。你们是为什么而生的呢？你们的理想是什么呀？你们应该是想尽可能不碍事地适当玩耍一下，顺利从大学毕业，新做一套西装去公司上班，娶进来一位可爱的新娘，期待着每个月的工资，就这样平平安安地度过一生吧。然而不巧的是，可能也不能如你们所愿哦，会有意想不到的事情发生哦。你们做好精神准备了吗？真是可怜，你们一无所知。所谓，无知。

从早上开始我就很失望。然而到了下午，我正要去训练，突然意识到我忘记带绑腿的来了，就连忙去隔壁班，麻烦三个学生借我一个小时，而他们都奇怪地冲我眯眯笑，也不回应我。我大吃一惊。他们好像也不是不愿意借、不可以借那样清晰的意思，只是说着没有这样的做法哦，似乎都是些白痴的利己主义者。看来，他们从出生开始，就没有一次借东西给有困难的人的经验。再怎么请求那样的人，事情也都是得不到解决的。真是很过分。我决定再也不找学生借东西了。我缺席了训练课，径直回了家。

说到那位足球部的本科生还有早上在教室里愚蠢地吵闹的隔壁班学生，都真是让人大开眼界。今天的我，遍体鳞伤。但是我想"算了"，我有我自己的道路，只需要径直追求下去即可。

今天晚上我拜托了哥哥。

"学校的样子基本上都清楚了，差不多也想开始真正的表演学习了。哥哥，早点把我带到老师那里去吧。"

"今天我是看你在相当认真地思考来着，原来是这件事呀。好，明天我就去津田先生那里去找他商量看看吧。什么老师都好，总之我想去津田先生那里先问问看吧。明天我们一起去吧。"哥哥从昨天开始心情就很好。

明天是天长节①了。我有一种自己的前途受到祝福的感觉。津田先生是哥哥高中时代的德语老师，现在辞去了教师的工作专心写小说。哥哥一直让这个人指点着自己的作品。

我整理屋子到天色很晚，连桌子的抽屉里都被我整理得整整齐齐。我挑出来读完的书、要读的书，重新装饰了书柜，牌匾里的画也被我从圣母像换成了达·芬奇的自画像，因为我需要意志坚强的东西。我扔掉了鹅毛笔，想排除少女趣味。我把吉他也收到了壁橱里。我感觉心情很爽快，今年的春天一辈子都会鲜明地留在我的记忆当中。

四月二十九日。星期六。

万里无云。今天是天长节，是个安静的好天气。哥哥和我今天都早起了。据哥哥的说法，从以前开始，天长节这天一定会是这样的天气。我想纯粹地相信这个说法。

十一点左右我们一起出了门，中途去了一趟银座，给姐姐

---

① 天长节：天皇诞生纪念日。

买了她结婚一周年纪念的礼物。哥哥买了玻璃杯套装，他的小心思是，去下谷玩的时候用这个玻璃杯和铃冈先生一起喝葡萄酒。我买了一副上等的扑克牌，去下谷玩的时候，我想和姐姐还有俊雄君三个人一起玩扑克牌，这是我的小心思。我们都是计划着今后自己去下谷充分地享受才买的，真是精明。玻璃杯也好，扑克牌也好，都会由店里直接送到下谷。

中饭是在奥林匹克餐厅吃的，然后我们拜访了本乡的津田先生。我进入中学那年的春天，曾被哥哥带去过津田先生的家一次。那个时候，玄关上、走廊下、房间里都塞满了书，让我非常吃惊。

"这些您都读了吗？"我直率地问道，津田先生笑了，"这些全部是读不来的哦。但是像这样并排摆着，就一定会有去读的时候。"我还记得他这样条理清晰地回答了我。

津田先生在家。跟往常一样，玄关上、走廊下、房间里，书都是满满当当的，一点儿都没变。今天先生也和四年前一样。他应该已经快五十岁了，但是一点儿也没有老的样子，还是声调高昂，很爱讲话、很爱笑。

"长大了呢，很有男子汉的样子了。R大的？不知道高石君还好吗？"高石是R大的英语老师。

“嗯，现在在教我们塞缪尔·巴特勒[1]的《埃瑞璜》[2]，感觉是个不干脆的人啊。”我脱口而出心里想的，津田先生瞪大了眼睛，“嘴巴不饶人呢。现在开始就这样，将来指不定会怎样呢。每天都和哥哥一起说着我们的坏话吧？”

“差不多吧。”哥哥一边笑一边说道，“弟弟从一开始就没有从 R 大毕业的心思。”

“你的坏影响吧那是。你也不用把弟弟带上你的这条路吧。”津田先生也笑着说。

“是的，都是我的责任。他说想成为演员……”

“演员？真是干脆啊。不会是想成为剧团演员吧？”

我低着头听着两个人的对话。

“电影。”哥哥轻描淡写地回答。

“电影？”津田先生发出怪声，“那可是个大问题了呀。”

“我也思考了很多，但是弟弟好像是在特别痛苦的时候，下

---

① 塞缪尔·巴特勒：英国作家（1835—1902）。死前他的作品没有引起关注，1903 年，长篇小说《众生之路》悄悄出版了，戏剧大师萧伯纳对此书发出惊呼，赞誉巴特勒是“十九世纪后半期英国最伟大的作家”。

② 《埃瑞璜》：塞缪尔·巴特勒的第一部作品，讽刺文学经典。英文单词 nowhere（乌有乡）被倒过来拼写成了 Erehwon，即“埃瑞璜”，巴特勒笔下的一个地名。在埃瑞璜之国，疾病应受惩罚，而道德上的堕落和犯罪行为却得到了同情和宽恕，塞缪尔·巴特勒借此辛辣地讽刺了英国维多利亚时期的社会秩序和风俗习惯。

定决心要成为电影演员的。因为是孩子，所以也没有什么合情合理的理由，但我想这里面也有相应的宿命般的东西存在不是吗？陶醉在快乐里憧憬成为电影演员，这样的话不能信，但他似乎是在一次紧要关头突然想成为电影演员的，所以我觉得这是神的声音。我想相信这种感觉。"

"就算这么说，亲戚或其他人什么的也会反对，总之很成问题呀这。"

"亲戚的反对什么的，我来承受。我也是在上学中途退学的，然后就一心写小说了，对亲戚的反对已经非常熟悉了。"

"你虽然不介意，但是你弟弟……"

"我也不在意。"我插了一句嘴。

"这样啊。"津田先生苦笑道，"也有这么难办的两兄弟呀。"

"怎么样？"哥哥毫不在意地继续推进谈话，"有没有好的表演老师呀？我想还是需要五六年基本的学习的……"

"是的。"津田先生突然起了劲，"必须学习，必须呀。"

"所以请老师介绍好的先生给我们。斋藤市藏氏如何呢？弟弟也似乎很尊重这位先生，我也觉得那样古典的先生为佳……"

"斋藤先生吗？"津田先生歪了歪脖子。

"不行吗？津田先生和斋藤市藏氏熟悉吗？"

"虽然说不上亲密，但总归是我们大学时代以来的老师。但是对于现代的年轻人来说如何呢？把他介绍给你们是可以的，但是那之后是怎么打算的？做斋藤先生的登门徒弟吗？"

"怎么会，大概就是偶尔去听取一下关于表演的精神准备等等。首先想问问他哪个剧团好吧。"

"剧团？不是电影演员吗？"

"电影演员是一种哦。我们不拘泥于这样的实际层面，总之是志愿成为日本第一，不，世界第一的演员。"哥哥把我的心情流畅地转达了出来。我可没有办法如此正确地表达自己的想法。"所以要先听取斋藤氏的意见，然后进入好的剧团磨炼演技，五年也好十年也好，做好了这样的心理准备，之后就去演电影，或者表演歌舞伎，都不是问题。"

"计划得极其周全啊。结果不见得会是春天的一夜空想吧。"

"不开玩笑。就算我失败了，我也想让弟弟一人成功。"

"不，两个人都必须成功，总之要努力用功。"

"你们现在似乎也无须有生活上的担忧，那就耐着性子好好做，不要浪费这大好的环境。但是想成为演员着实还是让我吃惊。总之我先给斋藤先生写一封介绍信吧，你们拿着去试试看。他是个顽固的人，可能会让你们吃个闭门羹哦。"

“那个时候就麻烦津田先生再给我们写一封介绍信。”哥哥一本正经地说道。

“芹川也从什么时候变得脸皮这么厚了。这样的厚脸皮，如果能放一些到作品当中就好了。”哥哥突然垂头丧气起来。

“我也想重新制订十年计划。”

“是一生，一生的修行。这段时间写了什么作品了吗？”

“是，有点棘手。”

“好像没写吧。”津田先生叹了口气，“你太执着于日常生活的尊严了，这是不行的。”

虽然都是在开着玩笑，但说到作品的事，还是能在周遭感觉到一种严肃的气氛。真的一对好师徒。津田先生给我们写了介绍信，离开的时候，他还到玄关来送我们，“不论是到四十还是五十岁，痛苦并无增减。”他的这句仿佛自言自语的嘟囔，让我深感震动。

作家到了津田先生这种程度，果然还是有一些异于他人的地方。

走在本乡的街头，哥哥说，“总觉得本乡很忧郁。像我这样中途退学帝大的人，对大学的建筑是感觉很恐怖的。不知为何自己会变得卑屈起来，让人受不了，有一种犯罪者的心情。我们去上野吧，本乡已经够了。"他这样说完，落寞一笑，今天还被津田先生说教了一下，可能就觉得心里更加失落了。

我们去了上野，吃了牛肉火锅。哥哥喝了啤酒，他也让我喝了点儿。

"但是嘛，也挺好的。"哥哥又有了点精神，"我今天也拼命了。最终也让津田先生给我们写了介绍信，大获成功。津田先生别看是那样，也有一些顽固的地方，如果有一点心情不顺的地方，就不行了，一切都完了，一定也不能疏忽大意。今天，挺好，不可思议，一切顺利。是小进态度好的原因吧？津田先生虽然一直在开玩笑，但是观察人是相当锐利的呢，背后有一双眼睛追着你一样。小进好歹过关了。"

我嘻嘻笑了。

"现在安心还为时尚早。"哥哥好像有点醉了，声音也提高到了非必要的程度，"这之后还有斋藤氏这一难关。据说他是个相当顽固的人不是吗？津田先生也稍微侧头迟疑了对吧。没事，我们真诚地去求教他吧。介绍信你拿着吧？给我看一眼。"

"我们看合适吗？"

"没关系。这介绍信啊，为了方便持信的当事人查看，特意不会封口的。你看是这样吧？我们姑且先过目一下比较好。

我来读一下。不是，这，过分了吧，太简单了。这种程度没问题吗？"

我也读了。信的内容极其简单，"我向你介绍朋友芹川进君，因为他想得到老师的指导"等，是很粗略的文章，具体的事情一样都没涉及。

"这样没问题吗？"我也不安起来，有了一种前途突然又昏暗下来的感觉。

"没关系的吧。"哥哥似乎也没有自信了，"但是这里写着朋友芹川进君，可能这是打动对方的地方。"净说些不靠谱的话。

"吃饭吧。"我灰心了起来。

"好吧。"哥哥也是一副扫兴的神色，那之后说的话也不怎么起劲了。

从那家店出来的时候，天色已经暗了下来。哥哥说想立刻顺道去附近铃冈先生的家里一趟。我计划明天就马上去拜访斋藤氏，所以想早点回家，读一下各类表演的书，以免被斋藤氏考到什么问题而答不出来，慌里慌张的。结果哥哥一个人去了下谷的家，我在广小路和他分开，回了麹町。

现在是晚上十点。哥哥还没回来，可能是在下谷和铃冈先生喝着酒吧。哥哥这段时间也是完全变成了个酒鬼，也不怎么写小说。但是我始终是相信哥哥的。总有一天，他会写出厉害的杰作。总之他不是个普通人。

从刚刚开始我就把斋藤氏的自传《戏剧街道五十年》翻开放在桌子上，但一页都没有动。因为空想着各种各样的事情，所以只是内心非常不平静，竟然紧张到不舒服。今后终于要开始和现实生活纠缠了。男子汉一个，英勇奋斗！我无比激动。明天的会面，不知道会不会顺利。这次是我一个人去，没有任何人的帮助。那样简单的介绍信，我不能指望有好的效果。最终必须还是我自己吐露真心，讲述自己的希望。啊，好不安。神，请守护我，不要吃闭门羹。斋藤氏是个什么样的老爷爷呢？说不定出乎意料地是个好好先生，说着"哟，来啦"，然后眯起眼睛。不不不，不可能，不能想得太天真，毕竟是日本第一的剧作家。他一定是眼睛炯炯有神，也很有力气吧。但是应该不会打架吧？如果打架的话，我就不负责任了，我一定会猛地反击的。然后他会说着，"这小伙子干得漂亮，就是要这种气概，收你入门"。我看过这样的电影，那是宫本武藏^①的电影吧。啊，空想着没有边际了。总之根据明天见面的结果，我

---

① 宫本武藏：日本战国时代末期至江户时代初期的剑术家、兵法家、艺术家（1584—1645）。著作有《兵道镜》《五轮书》《五方之太刀道序》等。

107

的生涯恩师可能就确定人选了。明天实在是重要的一天。今天晚上我该做什么呢？想着要读书，但一页一行都看不进去。睡吧，可能这是最好的选择了。如果带着没睡好的气色去见面，败坏了第一印象就亏大了。但是我怎么也睡不着。外面工人已经开始了夜间工作。仔细一想，夜晚十点到早上六点左右，他们每天都在工作，大约八小时的高强度劳动，嗨哟嗨哟地吆喝着劳作。是在做什么呢？是从窨井盖往外拉燃气管什么的吧。那声吆喝，根据哥哥的说法，是工人消除困意的手段。这样一想再听的话，那声吆喝听起来变得十分哀伤。他们拿了多少钱呢？

我想读《圣经》了。这样无法忍受的焦虑时刻，唯有读《圣经》。当其他的书都枯燥无味一点儿都读不进去的时候，也只有《圣经》的话语能传入心里。真是了不起。

现在拿出《圣经》，啪地打开，就有如下字句映入了眼帘。

"复活在我，生命也在我，信我的人，虽然死了，也必复活。凡活着信我的人，必永远不死。你信这话吗？"

我忘了。我相信的事情变少了。什么都交由一边，今天就先睡吧。我这段时间连祈祷都懈怠了。

"愿神的旨意行在地上，如同行在天上。"

四月三十日。星期日。

晴天。早上十点，哥哥目送我到门口，我就出发了。我虽然想和他握手，但是有点夸张，就忍住了。考一高、R 大的时候，我都没有这么紧张过。考 R 大那时，还是到了早上我才突然意识到，于是就慌慌张张出了门。

走上了人生之路，今天早上真的有这种感觉。途中在电车里，好几次我都眼眶湿润。然后到了中午，我就心不在焉地回了家，筋疲力尽。

在芝区的斋藤氏宅邸，清幽安静，是个纵深很长的平房。我按了好几次玄关的门铃，还是一片寂静。我提心吊胆，生怕会有凶猛的狗跑出来，但是连一只小狗崽儿要出来的迹象都没有。我正在不知所措，庭院的栅栏门那边传来声音，"吓了一大跳。"系着鲜红腰带的少女出现在眼前。她看起来不像女佣，应该也不会是什么大小姐吧，气质还不够。

"老师在家吗？"

"呀。"她不清不楚地回答，只是笑眯眯的，有些轻浮，但感觉不坏，可能是亲戚家的小姑娘之类的吧。"我带着介绍信来的。"

"好的。"姑娘直率地收下了介绍信，"请稍事等待。"

首战告捷，我暗自笑了笑。那之后却碰壁。过了一会儿姑娘又从庭院里走过来，"你有什么事？"

这个问题难倒我了，没办法简单说明，总不能按照介绍信的句子照本宣科，"我来接受指导的。"这样的话就像剑客一样。拿不定主意，我突然就发起脾气来。

"究竟老师在不在？"

"在的。"她笑嘻嘻的，确实是好像看不起我的样子，在耍我。

"老师看了我的介绍信吗？"

"没有。"她毫无波澜的样子。

"什么呀。"我想侮辱侮辱这家所有人了。

"他在工作中。"她用极其孩子般的口吻说道，是舌头太短了吗？她轻轻歪了歪头，"你还会来吗？"

很得体的拒客方式。我怎么会上当呢。

"老师什么时候有空呢？"

"唔，要等到两三天之后，怎么样？"她一点儿也没懂我的意思。

"那这样，"我挺起胸膛说道，"五月三日的这个时候，我会

110

再来拜访。那个时候还要多多麻烦您了。"我眼神锐利地盯着她。

"好的。"她毫无说服力地回答道,而且还笑了。我突然想,这该不是个疯女人吧?

总之,没有任何收获。我精神恍惚地回了家,不知为何非常疲倦,连跟哥哥报告都觉得麻烦无比。哥哥一一刨根问底。

"那个女人是什么人,这是个问题。大概多少岁啊? 漂亮吗? "

"我不知道哇。我只觉得她是不是疯了。"

"怎么会,那应该还是女佣,可能是兼任秘书的女佣,从女校毕业的,所以可能已经过了十九,不,二十岁了。"

"下次,哥哥去吧。"

"根据情况,可能有我必须去的时候,但是暂时还没这个必要。虽然你那么灰心,但是今天一点儿也没失败哦。对你来说已经非常出色了。你清晰地传达了五月三日会再来,这就已经是很大的成功了。那个女人,似乎对你抱有好感。"

我笑出了声。

"笑什么,是真的呀。"哥哥很认真地说道,"这和一般拒客的性质应该是不同的,有戏呀。老师在工作中是一定会拒绝会面的，但是她特意为了你，想了办法通传，但被太太或者是谁阻拦了，最后没能完成。"哥哥的解释太天真了，"一定是这样的哦，所以你下次不要再瞪那个女人了，再对人家亲切一点，好好地行礼呀。"

"完了！今天连帽子都没摘。"

"是吧。帽子没摘，只是使劲儿地瞪着人家的话，一般来说，这种人都是要交给派出所处理的。正因为有那个女人的理解，所以才帮助了你。下个月三号要好好地表现啊。"

但是我却绝望了。我之前就已经做好了心理准备，知道在艺术的道路上也有和普通的上班族完全没两样的俗气烦恼，决心不为这样的事而消沉气馁，但今天从斋藤氏宅邸回家的路上，越发深刻感觉到自己的无名、矮小，心里烦闷。斋藤氏和我，截然不同。我过去没有意识到，我们竟有云泥之别。我以为我"喂"喊他一声，他也会说"喂"回应我。多么的幼稚呀！今天我真的觉得那个人和我们甚至不会人种有别吧。有句话说过，努力未必有结果，但是我一想到这世上，也有无论如何拼命努力也没有结果的事情，就兴致索然了。"日本第一"的理想就这么飞走了。想要变得厉害的努力，看起来也成了很愚蠢的行为。我完全没有办法像斋藤氏一样，建造出那样庄重的居所。

晚上我被哥哥拉着去红磨坊新宿剧场^①。很无聊，一点儿意思也没有。

五月三日。星期日。

晴天。我请了假，没精打采地去了在芝区的斋藤氏宅邸，心情实在是很灰暗。

然而，今天结果还不坏。不过也没那么好，但，也许还算是好点儿的。

斋藤氏宅邸的门前停着一辆汽车。我正想按玄关的门铃，突然玄关里侧吵闹起来，门从内侧哗啦一下被拉开，一个小个子的瘦老头儿忽然出现，大步流星地走过我的面前——是斋藤氏。后面追着他的，是前些天的那个女人，她拿着包和拐杖，从玄关慌慌张张地跟出来："哎呀！现在正是出门的时候哦。正好，你说说看。"

我拿下帽子，向那位女人鞠了一躬，然后就马上去追斋藤氏，"老师！"我叫道。斋藤氏没有回头，急忙走到门口停着的车前，迅速地上了车。我快速跑向汽车的窗边，"津田先生写的

---

① 红磨坊新宿剧场：东京新宿的一座大众剧场。

113

介绍信……"我正要开始说明。他目不转睛地盯着我,"上车。"他低声说道。我心里想着太好了,就把车门打开,咚地坐到了斋藤氏的近旁。啊,可能坐到司机旁边才符合礼仪吧,但特意换位置坐又太难为情了,我就保持着那样的姿势一直坐着。

"太好了。"女人从窗口递给斋藤氏包和拐杖,一边说着:"前几天他可是非常生气地回去了。"她还是和之前一样心情很好地笑了笑,一边对比看着我和斋藤氏的脸。

斋藤氏不太高兴的样子,皱起眉头来,一言不发,果然让人感觉很恐怖。我又想着,要是去副驾驶坐着就好了。

"您走好。"

汽车发动了。

"您要去哪里呢?"我问道。斋藤氏没有回答我。五分钟之后,"神田。"他用沉重的语气说道,非常嘶哑的声音。他的长相就像老演员那样非常端正。接着又是一阵无言。非常拘束。压迫感一刻一刻越来越大,我如坐针毡。

"不必,"他用几乎听不到的低声说,"生着气回家。"

"好的。"我不由得很快低下了头。所以要是早坐在副驾驶就好了。

"你和津田君是什么关系？"

"嗯，津田先生指导着我哥哥的小说。"我这么说了之后，也不清楚斋藤氏有没有听到。他没有半点反应，只是沉默着，一会儿之后："津田君的信，还是这么不得要领……"

果然如此，只凭那么几个字，什么事情都无法明白的。

"我想成为演员。"我只说了结论。

"演员。"他一点儿都不惊讶，这句话之后，就再也没开口。我着实心焦起来。

"我想进入好的剧团，好好修行学习。请您告诉我什么剧团好。"

"剧团。"他低声嘟囔道，然后又沉默了一阵子。我实在是没办法了。

"好的剧团。"他又小声重复了一遍，冷不丁地突然发出了怒声，"没有这种东西。"

我吓了一跳。我想要不告辞下车吧，完全没办法和他沟通，可能是傲慢吧，实在是变得有些难办了。

"没有好的剧团吗？"

"没有。"他坦然道。

"下次在海鸥剧场会上演老师的《武家物语》呢。"我转了话锋。

没有任何回应，他忙着修理皮包的按扣松动了的地方。

"那里，"他突然说出了我意想不到的话，"正在招募进修生。"

"是吗？加入那里比较好吗？"我鼓足劲头问道。

终于说到了重点了。

他没有回答。

"还是也不行吗？"

他不回答，只是一个劲儿地摆弄着他的包。

"谁都可以想参加就参加吗？"我故意像自言自语一样嘟囔着。

还是没有任何反应。

"应该有考试吧？"说这句话的时候，我特意用了坚定的追问的语气。

他好像终于修完了包，看着窗外，"不晓得。"说道。

我决定什么也不问了。汽车在骏河台的M大学前停了下来。我定睛一看，M大学的正门竖着一个巨大的看板，上面写着：斋藤市藏先生特别演讲。

我正想下车，斋藤氏问："你……要到哪里下？"我正想着是不是要把这辆车借给我让我坐到目的地，"麹町。"我惶恐地

116

说道。

"麹町。"斋藤氏稍微思考了一下，"好远。"他说。那肯定没戏了，我就赶紧下了车。

如果是更近的地方，他好像是会将车借给我的样子，但总而言之是个精明的老先生啊。

"那我就此告辞了。"我很大声地说着，很恭敬地鞠了一躬。斋藤氏也没有回头看我，又大步走入校门了，的确是个大人物。

我乘市内电车径直回了家。哥哥一直在等我，把今天的来龙去脉刨根问底问了个遍。

"他是比传闻更厉害的杰出人物呢。"哥哥也苦笑着说道。

"今天一定是有问题的。"我说道，"不，不是这样的。今天非常好。以世界文豪自居的人，没有这点奇怪的地方的话才不对劲呢。"哥哥还是有些天真："但是你也已经坚持得很好了呀，意外地还有些厚脸皮。初生牛犊不怕虎的做法却很是成功，歪打正着，可能你还让他心生了些好感。"

"别说傻话了。他完全没跟我说话，很是尴尬。"

"不是，他确实是对你有好感的。一起坐车这件事就很了不起。想来，那个女人应该在中间替你很好地做了周旋。津田先生的介绍信说不定也暗地里出乎意料地起了大作用。现在再考

117

虑一下，我觉得那是一封很厉害的介绍信，整体是成功的。那现在就给海鸥剧场打电话问问看进修生招募的事吧。"哥哥一个人兴奋起来。

"可是他没说海鸥剧场好吧。"

"也没说坏吧。"

"说的是，不晓得。"

"那不就行了。我能明白斋藤氏的心情，应该是让你从那边慢慢开始的意思吧。"

"这样吗？"

哥哥不辞辛苦地找出来了海鸥剧场事务所的电话号码。他给在银座电影院售票处工作的认识的人打了电话，拜托别人查了之后终于弄清楚了。

"好了，那之后就都看你的了。"哥哥这么说之后把电话听筒递给了我。我还是紧张了。

我给海鸥剧场的事务所打了电话，是一个女人接的。她或许是个很有名的女演员，没有任何谄媚的地方，用很自然、口齿清晰的语言，很仔细地告诉了我：需要亲笔的简历，父亲和兄长的承诺书各一封，形式均自由，另外还有四寸、上半身的、最近的照片一张，这些都在五月八日之前提交给事务所。

"五月八日？那不是马上了？"我心情澎湃，声音嘶哑，"然后呢？试验呢？"

"九日在新富町的研究所举行。"

"哎呀。"我发出了一声奇怪的声音，"几点开始呢？"

"下午一点整，请在研究所集合。"

"科目呢？科目是什么？是怎样的考试呢？"

"这个内容无法告知。"

"哎呀。"我又发出了奇怪的声音，"那就，谢谢了。"然后挂了电话。

真是吃惊，离五月九日已经只有一个星期了不是吗？我什么都还没有准备。

"是很简单的考试吧。"哥哥不慌不忙地说道。哪有这么轻松。我是今后必须成为日本第一演员的男人。这位男人，现在正向表演的世界踏出第一步，如果写下了不高明的答案，那就会留下一生无法消失的污点。我一定要展现出超群的最好成绩。这和学校的考试不一样，学校的考试显然和我未来的生活没有必然直接的联系，但是这次的考试，却直接关系到我最终的生存道路。如果我失败了，我就没有其他能去的地方了。就算学校的考试没考好，"反正我有别的道路可选"，我还能这样维持着多少的从容和自尊。但这次的考试，我没法说"反正"。没有其他道路了，什么都没有了，这不就是最后的招数了吗？让人完全无法保持从容。我彻底变得认真起来。虽然一点儿自信也没有，但我就像斋藤市藏先生的弟子一样。对方可能没有当回事，但我自己决心任性地这么认为，要好好看重自己。我们一起坐过汽车。我不能写出拙劣的答案。这也事关斋藤氏的颜面。浑蛋。我早晚要让斋藤氏刮目相看。《武家物语》的重兵卫的角色必须是芹川"，如果斋藤氏这么说的话，我会很高兴吧。不，现在不是沉浸在天真的幻想中的时候，我必须先要以出类拔萃的优秀成绩通过才是。

今夜，我把至今为止买到的参考书全部堆叠在桌子上。

普多夫金①的《电影演员论》、科克兰的《演员艺术论》、泰洛夫的《被解放的戏剧》、岸田国士②的《近代剧论》、斋藤市藏的《戏剧街道五十年》、巴卢哈特的《契诃夫的戏剧理论》、小

① 普多夫金：伍瑟沃罗德·普多夫金（1893—1953），苏联著名电影导演。20世纪20年代，他在进行电影创作的同时，还和爱森斯坦一道创立了蒙太奇电影理论。
② 岸田国士：日本剧作家、小说家、评论家、翻译家、导演（1890—19054）。代表作有戏曲《牛山旅馆》《蒂罗尔之秋》，小说《暖流》《双面神》等。

山内熏的《表演入门》、小宫丰隆①的《戏剧论文集》，另外还有《筑地小剧场②史》呀，《演出论》啊，《电影演员术》哇，《导演笔记》呀，还有哥哥借给我的《花传书》③《演员论语》④《申乐谈仪》⑤。

我计划到九日之前，先粗略地把近二十本参考书逐一读上一遍，然后再硬记一下英语和法语的单词。

必须好好地准备了。今天晚上从现在开始，我打算读完科克兰的《演员艺术论》和斋藤市藏的《戏剧街道五十年》。

明天得去照相馆了。

五月八日。星期一。

雨天。今天跟学校请了假。我现在真是一片混乱，这宝贵

---

① 小宫丰隆：德文学者，文艺评论家（1884—1966），夏目漱石门下"四天王"之一。岩波书店版《夏目漱石全集》主编。"战后"专心致力于漱石研究工作，被评论家誉为"漱石研究第一人"。

② 筑地小剧场：日本导演土方与志和剧作家小山内薰于1924年开设的日本首个新剧的常设剧场。

③ 《花传书》：又名《风姿花传》。是日本能乐大师世阿弥关于日本戏剧形式"能"的理论书。基于亡父观阿弥所授，根据自己的创作经验，记录下了能的修行法、心得、演技理论、导演理论、历史、美学等艺术观点，并且加以了说明解释。

④ 《演员论语》：元禄时代（1688—1707）或其前后编撰的歌舞伎艺术谈集，四卷四册，集中了日本歌舞伎演剧形式上的演技实践和美学相关的内容。

⑤ 《申乐谈仪》：即《世子六十以后申乐谈仪》，由日本能乐大师世阿弥的次子记录的世阿弥在60岁到68岁之间的有关艺术和技艺的谈话。

的一个星期，我到底是怎么度过的呢？就算人在学校，也是坐立不安，虽然没什么大不了的事情，但有时候会咻咻地笑，回到家也是胡乱地整理屋子，一本参考书都没读，只是在家里蠕动着。就是那种紧张又惊恐、严肃又空虚的感觉，可又无时无刻不在提心吊胆着，无休止地去洗手间，然后我决定，好，学习吧，抖擞精神地回到房间，结果又开始整理屋子。是不会被原谅的吧？不行的吧！我怎样都无法平静下来，想说的、想写的东西很多。但只是一味地情绪高涨、心潮澎湃、坐立不安，然后只是胡乱地整理房间，把这边的东西搬到那边去，再把那边的东西搬到这边来，完全重复着同样一件事，一个人手忙脚乱着。羞耻的是，实际上《圣经》对我也不管用了。早上我啪啪地翻开了《圣经》三次，但是一点儿也看不进去，实在是羞愧难当，不中用了。我还是睡吧。现在是下午六点。我连念佛都没法念，基督也好、释迦牟尼也好，都混杂到一起了。

　　稍微睡了一会儿，我又猛然起身。天色已经暗了下来，心里仍然平静不下来。我盯着昨天从照相馆送来的四寸照片看着。昨天我从同样的三张照片里，挑选了相对来说脸上皮肤黑一些的、有阴影的一张，和简历等一起，发快件送到研究所去了。为什么我的脸像萝头一样单纯呢？就算在眉间皱起眉头想做出一张复杂的面容，可正感觉面部皮肤抽动着，眉间堆起的皱纹就马上消失了。我想把嘴巴弯曲成倒三角形①的形状，在鼻子两侧挤出很深的皱纹，但是怎么样都不能成功，可能是嘴巴太小了。不弯曲，就是噘着的，不论怎样噘嘴，都没法做出一张有阴影的脸，只会看起来愚蠢罢了。

"你的长相不适合做演员。"在明天的考试上，如果被如此清晰地宣告，我该怎么办呢？我会从那个瞬间变成所谓真正的"活死尸"。就算是活着，也是行尸走肉。啊，我到底有没有表演的才能呢？一切都会在明天被决定。我又想收拾屋子了。

哥哥来了，"去过理发店了吗？"他问我。我还没去。

我在雨中慌慌张张地去了理发店，实在是不成样子。理发店里的广播正在播放德沃夏克②的《新世界》，这是我很喜欢的曲子，但是今天怎么听都无法共鸣。如果是胡乱击打很大的高台鼓发出响声的音乐，可能会很匹配我现在焦虑的心情。但是这样的音乐，找遍全世界都找不出来吧。

从理发店回家之后，我稍微做了一下哥哥推荐的台词练习，

---

① 倒三角形：原文里写的是「へ」的形状，它是日语里的一个假名。
② 德沃夏克：安东·利奥波德·德沃夏克（1841—1904），19 世纪世界重要的作曲家之一、捷克民族乐派的主要代表人物。代表作品有交响曲《新世界》、钢琴三重奏《杜姆卡》等。

角色是《樱桃园》①的罗巴辛。

哥哥提醒了我很多地方：把自己的声音就那样自然发出来；腹部更加发力，更清晰地说出台词；不要太晃动身体；不要每次说台词的时候都要收下巴；嘴边的肌肉要更加柔软一些。这确实是很严重的问题。我太想用力把嘴角弯成倒三角形了。

"你好像不能很好地发出 sashisuseso②。"这也很严重。我自己对此也隐隐有些感觉，可能是舌头太长了吧。

"只是我个人的一些意见，勿要怪罪。"哥哥笑了，"你和我比起来不成问题，是很出色的。但是，明天是在内行演员面前展示，所以今天晚上我就试着严厉批评批评，希望能激发出你的决心。没什么，做得很好。"

我可能没救了，心绪杂乱。日记里的文章也似乎和平常不一样。确实心情也，不，不是心情不一样，是精神错乱的问题。可怎么会是精神错乱呢？只不过今夜确实很奇怪。文章也语无伦次、乱七八糟。我心乱如麻。

---

① 《樱桃园》：《樱桃园》是契诃夫创作的四幕喜剧，剧本写于 1902 年至 1903 年。该故事讲述的是加耶夫、郎涅夫斯卡雅兄妹被迫出卖祖传的樱桃园的故事。该剧围绕着"樱桃园的易主与消失"这个核心，写出了贵族退出历史舞台的必然性和新兴资产阶级的兴起，而戏剧中新兴资产阶级的代表就是下文提到的罗巴辛。
② sashisuseso：日语里的基础发音。

这样可怎么办呢？明天，不，已经过了十二点了，是今天，今天下午一点钟就是考试了。就算我想做点什么，也无从下手了，没办法。给钢笔灌了墨水，然后我就睡了。仔细想想，明天如果考试失败了，那我就必须去死了，手发抖了。

五月九日。星期二。

晴天。我今天也跟学校请假了，日子重大，没办法了。昨天净在做梦。我做了个自己在和服之上穿了汗衫的梦，内外颠倒了，很奇怪的样子，是个很不吉利的梦，不好的前兆。

但今天确是久逢的好天气。我九点钟起了床，充分地泡了澡，十一点半出发了。今天哥哥没有到门口送我。他似乎是觉得已经没问题了。去斋藤氏那儿的时候，哥哥比我还紧张、还焦虑，但今天却很是轻松，也许是觉得比起考试，斋藤氏那边的问题更严重吧。不管是学校的入学考试还是什么考试，哥哥都有小看考试的倾向，可能是没有尝过落选入学考试的苦头。但是如果哥哥乐观地觉得我肯定没问题，我却彻底落选的话，这种痛苦和内疚是格外突出的。他要是能更担心下我就好了。我可能会落选的。

出发得很早，我很快就找到了新富町的研究所，是在公寓的三楼，到达的时候刚过正午一会儿。我想稍微打探下情况，就敲了敲门，却没有人回应，似乎没有人在。我放弃这个念头，走了出去。

时值阳春，额头上沁出了汗，我想喝点儿凉的东西，就去了昭和大道上的小食堂，喝了苏打水，然后顺便吃了咖喱饭。我也不是肚子饿，就是有点儿不安，不吃点东西过不去。肚子吃饱了，头也开始晕晕乎乎的，焦虑的心情也稍微平息了一些。从小食堂出来，我就溜达到了歌舞伎剧场的前面，看了它们的广告画，然后就又折返去了新富町的研究所。

差不多正好是一点钟了。我开始爬公寓的楼梯。来了，来了。有二十个人左右。但是为什么都是些没有正气的面孔？学生五人；女人三人，很丑陋的女人，永远只能演贝姨①这一个角色；其他都是些带着疲于生活神色的、穿着西装的、三十岁左右的人；有个似乎是领班的四十岁的男人，有着完全和艺术无缘的表情。我感到很不可思议。大家都奇怪地低着头，靠在走廊的墙壁上，有站着的、有蹲着的，时不时悄悄地交流几句。不

---

① 贝姨：《贝姨》是法国作家巴尔扎克晚年创作的一部长篇小说。故事发生在 1838 年的巴黎，围绕于洛·德·埃尔维男爵一家的命运展开。女主人公贝特丽丝·斐希（贝姨）是个丑姑娘，且生在农村、家境不好、四十多岁尚未出阁。她嫉妒自己美若天仙且通过家人平步青云的堂姐，由此展开了自己的复仇计划。

知为何，我自己都感觉有点儿凄惨起来。想到这些人是我今天的竞争对手，我就觉得厌烦，还没有战斗就失去了斗志的感觉。如果我是考官，一瞥之后，大家就都落选了。对自己到今天早上都有的兴奋和紧张的情绪，我感到恼火。不能这么耍人的。

终于有个中年妇女从事务所里出来了说："给大家发送号码牌。"这个声音我有印象，是一个星期以前我打电话咨询的时候，用清晰的发音说着"午后一点整"什么的那位女性的声音，真的是很好听，我都以为会不会是女演员了。但是，女人仅凭声音是不能了解全部的。她穿着茶色宽大的对襟毛衣，不要说是女演员了，不，不能这么说的，她明明没有自负于自己的美貌，我再对她的长相说这说那批评的话，那可就是罪过了。总之，她是个四十岁左右的阿姨。

"我会叫各位的名字，麻烦各位应答。"

我是第三个。没来的人相当多。她叫了四十个人左右的名字，但来的人大概是一半。

"那请排在第一的那位。"

终于要开始了。第一个是个女人。她被阿姨带着，无精打采地进去了房间，非常没有生气。研究所的内部好像是分成了两个房间，一个是事务所，里面是训练场地，考试就是在训练场地进行的。

听得到，听得到，是戏曲的朗读，好极了！是《樱桃园》，多巧啊！从以前开始我就很擅长朗读《樱桃园》，昨天也稍微练习了一下不是吗？那没问题了。从哪里开始都可以来！我的勇气突然增加了百倍。但再怎么说，那位女人的朗读也太拙劣了吧，是只有一个调子的、没有情感的朗读，她在每个地方都停顿，一直在重念。这样的话会落选吧。太滑稽了，我一个人小声地偷笑起来。但其他人完全不苟言笑，就像睡着了一样不在状态。

"有请第二位。"

第一个已经结束了吗？好快。没有笔试吧？下一个就是我了，脚还是发起抖来。怎么有一种在医院的感觉：现在开始就要去做一场大手术，在等着护士喊我。我想去厕所了，赶紧去个厕所吧。我去了一回来就听到"有请第三位"。

"到。"我不由得高举了右手。

事务所非常狭窄，而且很缺乏风趣，从这样的地方竟然生出了海鸥剧场那样宏伟的计划吗？我实在是感慨良多。

第一个和第二个人好像几乎是同时结束的，他们一起出来到了走廊上。我站在事务所阿姨的桌子前，回答了简单的问题。

阿姨拘谨地浅坐在椅子上，对比看着桌子上的照片和我的脸。

"多大年纪了？"她问我。我感觉到了一丝侮辱。

"简历上没写吗？"我反问道。她突然慌张起来："写了，但是……"她说着向前弯了弯身子，仔细看摊开在桌子上的我的简历，她好像是近视眼。

"十七岁。"我这么回答了之后，她松了一口气一样抬起了脸，"父亲兄长的承诺是真的吗？"

这样的提问让人不愉快。

"当然。"我稍微有些生气地回答道。她又不是考官，说些没有必要的事情做什么？是想抓住这样的机会，偷偷地模仿考官的样子，稍微逞点威风吧。

"那么请。"

我被带到了隔壁房间。里面虽然正在吵嚷，但我一进去，突然就没声了，五个男人一起抬起了头看着我。

五个男人排成一列朝我坐着。每个考官都是我看过照片有印象的长相。房间里有三张桌子，正中间坐着的胖胖的男人，一定是最近人气急遽上升的剧作家兼导演横泽太郎氏。剩下四个人好像是演员。我在入口处磨磨蹭蹭的，横泽氏就用很大的声音说："到这边来。"语气不太雅，"这次的会稍微优秀点了吧？"

其他考官都轻轻一笑，房间整体的氛围感觉粗俗且低级。

"学校，哪里！"不用这么摆架子也行吧。

"R大。"

"年龄，几岁？"真是让人厌恶。

"十七。"

"得到父亲的许可了吗？"他完全像在审犯人一样。我怒上心头。

"没有父亲啊。"

"是去世了吗？"好像是叫上杉新介的演员，从一旁用打圆场的神色柔和地问我道。

"承诺书上应该都写了的。"我板着脸回答。这是考试吗？我惊呆了。

"骨气铮铮啊。"横泽氏哧哧一笑，"有看头，对吧？"

"是演技部，还是文艺部？"上杉氏用铅笔轻敲着自己的下巴问道。

"什么？"我不是很明白。

"是要成为演员？"横泽氏又发出了愚蠢的声音，"还是要成为剧作家？哪个？""演员。"我立马回答了。

"如果那样的话，我问你。"不知道他是说真的还是在开玩笑。为什么横泽氏是性格这么差的人啊！容貌也不好，服装也穿的和服便装，没穿裤裙，没个正经样子。一想到这是日本屈指可数的文化剧团——海鸥剧场的指导者，我就灰心丧气了。他一定是光喝酒，一点儿也不学习吧。他把下嘴唇使劲儿伸出来，稍微考虑了一下，不慌不忙地问道："演员的使命，是什么？"

真是愚蠢的问题，我震惊了，差点都要发笑了，完全就是不着边际的提问。提问者的空空头脑彻底被暴露了。我完全没法回答。

"这个问题就好像在问人是带着怎样的使命出生一样，像煞有介事的虚伪回答多少都能说，但是我想回答，我还不知道演员的使命是什么。"

"说的话很玄妙啊。"横泽氏是个很迟钝的人。他用轻松的语气这么说完，从烟盒拿出一根烟来放在嘴上，"有火柴吗？"跟旁边的上杉氏借了火柴，点燃了烟，"演员的使命啊，于外就是民众的教化，于内就是集团生活的模范实践，不是这样吗？"

我愣住了，感觉索性落选更光荣。

"不只是演员，如果是教化团体的人，那必须这样留心注

131

意，所以就像我刚刚说的那样，那样厉害的抽象的话语，说多少我都能说。那样的话，大家都在说谎了。"

"这样吗？"横泽氏泰然自若，反应过于迟钝，我甚至都有点喜欢上横泽氏了。"这种思考方式也很有趣呀。"真是乱七八糟了。

"请朗读吧。"上杉氏文雅地、有些装腔作势地说道。他这个态度有点儿像猫，包含着消极的敌意。比起横泽氏来说，这边才是不好对付。我这么觉得。

"拜托他读点什么呢？"上杉氏用非常恭敬的口吻向横泽氏询问，"这个人看起来程度很高。"真是讨厌的说话方式！卑劣！世界上第一不可救药种类的男人。这就是饰演了《万尼亚舅舅》^①被称赞为日本第一的上杉新介氏的真面目吗？不成样子。

"《浮士德》^②！"横泽氏叫道。我失望了。我对《樱桃园》

---

① 《万尼亚舅舅》：俄国剧作家契诃夫创作的四幕乡村生活即景戏剧作品。该戏剧主人公万尼亚舅舅当了一辈子供奉姐夫的"好人"，幕年才意识到自己其实是当了一辈子的"傻瓜"。
② 《浮士德》（Faust）：是德国作家约翰·沃尔夫冈·冯·歌德创作的一部长达12111行的诗剧，是歌德的代表作，是他毕生思想和艺术探索的结晶。《浮士德》的构思和写作，贯穿了歌德的一生。全剧没有首尾连贯的情节，而是以浮士德思想的发展变化为线索，以德国民间传说为题材，以文艺复兴以来的德国和欧洲社会为背景，写一个新兴资产阶级先进知识分子不满现实、竭力探索人生意义和社会理想的生活道路。

是有自信的，但是不擅长朗读《浮士德》，而且我甚至没有通读过《浮士德》。落选，我一定是落选了。

"请读这个部分。"上杉氏递给我了原文，上面用铅笔标注了需要朗读的部分。"先默读一遍，有自信了就开始朗读。"听起来像是不怀好意的说法。

我默读了。好像是瓦普几斯夜会的那场，是梅菲斯托 [1] 的台词。

> 那边的老先生，
>
> 你得抠住古岩的筋棱，
>
> 不然会滚下巨穴深坑。
>
> 雾霭正在加深着夜色，
>
> 你听林中在麇鸣，
>
> 把那些鸱鸮吓得飞腾。
>
> 你听那片长青的宫殿，
>
> 圆柱都裂成碎片。

① 梅菲斯托：梅菲斯托是歌德诗剧《浮士德》中的魔鬼。书中他自称是"否定的精神"，是"恶"的化身。他千方百计引导浮士德走入歧途，使他失败，这正是反动势力竭力阻挡、破坏进步时代潮流的缩影。

你听枝丫嘎嘎地折断，

你听树干猛烈地震响。

树根咯吱咯吱轰隆轰隆。

它们东倒西歪、相互倾轧，

都被折断倒下。

被死尸掩埋的峡谷里，

阵阵狂风在呼呼咆哮。

从那近处、远处和高处，

那些声响你可曾听到？

啊，疯狂诡怪的歌声

沿着整个山峰在飞跑。

"我没法朗读。"我很快速地默读了一遍，但是梅菲斯托的低声耳语让我感到不愉快，光是些呼呼、咯吱咯吱之类让人不快的拟声词，的确像是恶魔的歌曲，不健康、很恶心，让我完全没有想要朗读的想法。就算落选也行吧。"我读其他的地方。"我哗啦啦瞎翻着文本，找到了一处稍微好点的地方，就开始大声地朗读起来——第二部，鲜花盛开原野的清晨，浮士德觉醒了的部分。

看那高处哟，山峰如巨人，

宣告了这庄严的时辰，

它们先享受了永恒的阳光，

然后光明才降临到我们身上。

新的辉煌灿烂被赠予到，

那阿尔卑斯山低陷的绿牧场，

界线分明地层层下降。

太阳升起了，可惜令人眩晕，

双目刺痛，只得转身避让。

憧憬的愿望也是这样，

信赖又努力地去追求最高理想，

便发现成功的大门豁然洞开，

可是从那永恒的深处喷出的烈火，

让我们不禁张皇失措、停下脚步。

想把生命的火炬点燃，

而四周却是火海的烈焰，

多么可怕的火焰啊！

是爱？是恨？熊熊燃着把我们围住，

快乐与烦恼交织，

气势汹汹与我们纠缠，

我们只好又俯视地面，

把自己包裹进儿时的罗衣中。

我回身使太阳留在背面。

翻腾的瀑布蹿下悬岩，

我越看越是喜不自胜。

它层层跌落化为水柱千条万条，

一阵阵水沫向空中飞闪。

然而扎根在这激烈流水的消遣里的，

是七色的彩虹不同的身姿，

它穹起横跨于飞泉之上。

忽而清晰，忽而消散，

在四周化为霏微的凉雨。

这彩虹正反映出人类的奋竞。

沉思一下，就会比以前更加懂得。

我们是在五彩折光中感悟人生。

"厉害！"横泽氏直率纯朴地表扬了我，"满分。我们会在两三天内通知你。"

"没有笔试吗？"我意外地很沮丧，这样问道。

"不要出言不逊！"坐在最后一个位置的小个子演员，好像是叫伊势良一，突然怒吼，"你是为了轻视我们来的吗？"

"不是，"我吓出一身冷汗，"毕竟，笔试也……"我语无伦次了起来。

"笔试，"脸色略微苍白了一些，上杉氏回答道，"因为时间关系，就不继续进行了。只通过朗读，也基本上能了解情况。我要跟你说清楚，今后是没可能按照自己的喜好挑选台词的哦。拥有做演员的资格，重要的不是才能，而是人格。横泽先生给你满分，但是我会给你零分。"

"那就，"横泽氏就像什么也感觉不到一样，微笑着说，"平均五十分。今天先回家吧。喂，下一个四号、四号！"

我轻轻地鞠了一躬之后就离开了，但非常扬扬得意。也就是说，上杉氏责备了我，但反而是认可了我的才华。"重要的不是才能，而是人格。"他这么说，所以现在我欠缺的是人格，才华方面是充分的不是吗？我在自己的人格上一直都很努力，经

137

常反省。如果有人表扬我的人格，我反而会难为情，也不会觉得特别高兴。而且，就算被人误解、被人说坏话，也有一种从容，看着吧，早晚能明白的。但是才华却是完全靠天赋的，有着不论如何努力也追求不到的惊人之处，而这样的才能我是拥有的，日本第一的新剧演员一不留神给了我这样的评价。啊，想不那么高兴都做不到，真是正中下怀，我是有才华的！虽然没有人格，但是似乎是有才华的！上杉氏无法判定人格，那是假的判定，那个人没有判定人格的资格。但是在才能的判定上，他确实比起横泽氏等人会更正确不是吗？做饼还需做饼人。演员的才华，不是演员就没有。实在是太高兴了！他说我是有演员的才华的。我想不笑也做不到。现在就算落选也没关系了。如立奇功一般，我意气昂扬地回了家。

"不行，不行。"我向哥哥报告，"彻底落选了。"

"怎么感觉你特别高兴的样子，不是吗？不会不行的吧？"

"不，真的不行，戏曲朗读零分。"

"零分？"哥哥认真起来。"真的吗？"

"说是人格不过关。但是，说是，有才华……"

"什么事儿这么傻笑着呀？"哥哥有点不耐烦了，"没有拿了零分还会高兴的事吧。"

"可，就是有。"我把今天考试的情形详细地告诉了哥哥。

"合格了。"哥哥听完我的话，冷静地这么判断，"绝对不是落选。两三天之内就会有合格通知送来的哦。但是，真是让人不快的剧团啊。"

"不成样子，甚至落选会更光荣。我通过了也不去那个剧团，和上杉氏什么的一起学习，绝对不干。"

"是呢，有点儿幻灭吧。"哥哥落寞地笑了笑。"怎么样？再去一次斋藤氏那里找他商量一下吗？'讨厌那样的剧团'，小进试着把自己感受到的事坦诚地跟他讲讲看吧。如果老师说哪个剧团都一样，就忍耐着进吧，那就没办法了，就进吧。他或许还会给你介绍其他好的剧团。总之，至少要向他报告你去考试了这件事为好，怎么样？"

"嗯。"我心情沉重。不知为何，我很怕斋藤氏。我感觉这次真的会被骂了。但是必须去，去接受他的指导，除此之外别无选择。拿出勇气吧。我不是在演员上有巨大才华的男人吗？我和昨天为止的自己，不同了。带着自信迈进吧。明天的事情明天再烦恼。不知怎的，今天就是这样的心情。

晚饭后，我把自己关在房间里写今天一天的长长的日记。今日一天，我急速地成了一个大人。发展！这个词在心中逼近。

我切实地感受到，作为一个人，是非常高贵的！

五月十日。星期三。

晴天。早上睁开眼，我意识到一切都变样了。我全然记得到昨天为止的兴奋，而今天早上，只是心情严肃，不，可能说是没了兴致更接近。到昨天为止的我，确实是发狂了、上头了。为什么会那样喜不自禁呢？净做些冒险般的怪事了，莫名其妙。只是感觉到不可思议，像从一个漫长的悲伤的梦里苏醒，今天早上，一个劲儿地眨眼、歪动脖子，我从今天早上开始，变成一个普通的人了。不论如何巧妙地加减乘除，我这1.0的存在，于流动之中如同桩子一样纹丝不动，非常扫兴。今天早上的我，就像一根站立的桩子一样严肃，心里一点儿光彩都没有。这是为什么呢？我试着去了学校，学生们都看起来像十岁左右的孩子。然后我不断地思考着每个学生的父母。我不再像往常一样看不起学生们了，而且也不再有憎恶之心，而是只感到轻微的怜惜之情，那是比对雀群的同情还要淡一点的、绝不是晃动人心般强烈的感情。相当扫兴，绝对孤独。迄今为止的孤独，都是所谓相对孤独，是太过于意识到对方，反作用造成的、做出样子的孤独，但这和今天的感觉是不同的。今天我对任何人都没有兴趣，只是觉得烦人，丝毫不感觉到苦，就这样遁入空门都可以。人生中，竟然还有如此不可思议的早晨。

幻灭，就是它了。虽然我尽可能地不想使用这个词，但是似乎也没有其他的词了。幻灭，而且是真正的幻灭。我对大学幻灭了，以前发狂般地写过这样的句子，但是现在再想想，那不是幻灭，而是憎恶、敌意，是野心等燃烧起的热情。真正的幻灭不是那种积极的东西，只是心不在焉了，然后又在心不在焉中有着严肃。我对戏剧感到幻灭。啊，我不想说这样的话！但是，这却像是实话。

自杀。早上平静下来，我想到了自杀。真正的幻灭，要么让人糊涂，要么让人选择自杀，真是可怕的魔物。

我确实感到幻灭了，无法否定。但是对人生中最后一条路幻灭的男人，到底要如何是好呢？戏剧，对我来说，是唯一的生存意义。

不敷衍，让我深刻地思考看看。我不认为戏剧是无聊的，完全没这回事。如果我觉得无聊的话，就会心生愤怒、无比轻视，然后毅然舍弃，很有气势地投身其他的道路。但我今早的心情不是这样的，是空虚的，一切都无所谓了。戏剧，想必那是很崇高的东西吧。演员，啊，那也很好吧。但是，我却不行

141

动。我和他们之间清晰地生出了间隙。寒冷的风吹着我。第一次去斋藤氏家被得体地拒绝后回家时，我也体会过与之类似的心情。比起认为世界愚蠢，不如说，我是感到在这世上努力活着的自己变得愚蠢起来，是想一个人在黑暗之中哈哈大笑的心情。世界上没有所谓理想，大家都小气、狭隘地活着。人本来就是为了吃上一口饭才活着的不是吗？我开始这么想。真没意思的想法。

放学后，我稀里糊涂地去了足球部的准备室。我想要不就进足球部吧，我想什么都不思考地踢踢球，作为一个平凡的学生，无所事事地生活。足球部的屋子里谁也不在，可能去集训室了吧。我没有还找去集训室的热情，就那样回了家。

回到家，海鸥剧场就来了快信。我通过了。"本次审查结果，有五位通过了考试，获得了进修生的资格。你也是其中一人。明天下午六点，请来研究所。"这样的一封通知。我一点儿也不高兴，不可思议地感到平静，收到 R 大学的录取通知的时候，都比这要高兴。我已经不再有进行演员修行的想法了。昨天上杉氏多少认同了我作为演员的天分，只是这样我就像立了大功一样，掩饰不住喜悦。但今天早上睁眼时，那份喜悦也感觉变了灰色，什么才华，根本靠不住，还是人格重要，我又重新这样考虑了。这种心情的急剧变化是从何而来呢？就像完全获得了爱情的人所感受到的虚无吗？我想起了昨天在海鸥剧场考试时无意识地选择朗读的那部分，就像那位浮士德说的"发现成功的大门豁然洞开，可我们反而张皇失措、停下脚步。"这句台词一样，看到以前憧憬过的演员身份现在似乎唾手可得，就感觉到厌烦吧。

"怎么进合格了也不怎么高兴啊？"哥哥这么说着。

"我要考虑一下。"我认真地回答道。

今天晚上，我和哥哥进行了食物中什么最好吃的无聊争辩，彼此都展现出美食家的各种样子，但结果是：没有什么能胜过凤梨罐头的汁水了。桃子罐头的汁水很好喝，但是还是没有凤梨汁那样的清爽感。凤梨罐头不是要吃水果，而是要喝汁水才行。"如果是凤梨的汁水，就算是一大碗也能轻松喝完啊。"我这么一说。"嗯，"哥哥也点点头，"如果加点儿碎冰再喝的话，就会更好喝吧。"哥哥也考虑着这么愚蠢的事。

讲起了食物，肚子就变得特别饿。两个美食家偷偷地去厨房做了饭团吃，十分好吃。

虚无和食欲，似乎是有什么关系。

哥哥现在正在隔壁房间写着小说。据说他已经写了五十张以上了，计划写两百张，是以"雪落下时"为开头的美好小说。我让哥哥给我看了十张。如果写完了，他就会去参加文学公论的悬赏活动。哥哥曾经那样看不起悬赏活动，这是怎么了？

"参与悬赏活动不是浪费自己吗？作品也被糟蹋了。"我这么一说。"但是如果获奖的话会有两千日元。如果不能拿钱的话，小说什么的就很蠢了。"哥哥用特别粗俗的表情这么说道，他这段时间喝了很多酒，我担心他是不是已经堕落了。

不管怎么看，这都是理想的丧失。

今夜，特别困。

五月十一日。星期四。

今天是略微充实的一天。昨天的我是个幽灵，今天就是有几分积极生活的人了。学校的《圣经》课很有趣，每周有一次寺内神父的特别课程，我总是很期待这个时间的到来。上上周，周四的课也很有意思，是《最后的晚餐》的研究，晚餐的十三人都坐在桌子的哪个位置，寺内神父用图解非常明晰地教给我们。十三人全都是躺卧在桌子旁的，让人吃惊。听说当时的风俗习惯是桌子旁有床铺，每个人都躺卧在各自的床铺上吃喝。达·芬奇的《最后的晚餐》和事实不符。俄罗斯的一个叫尼古拉格①的画家画的《最后的晚餐》中大家都是睡着的。虽然和基督教的精神毫不相干，但我就是觉得很有意思。我似乎对吃的东西过度关心了，今天也考虑了食物的事，但这个不见得没有意义，多少都有所收获。今天寺内神父以旧约的《申命记》为中心讲了课。寺内神父绝对不站在讲台上课，而是坐在空着的学生桌前，以和学生一起学习的形式，轻松地交谈，这种和大家一起就快乐的事在讨论的感觉特别好。今天他以《申命记》为中心给我们讲了摩西的苦心，我对其中摩西关照民众的食物一事甚感兴趣。

十四章。凡可憎的物都不可吃。可吃的牲畜就是牛、绵羊、山羊、公鹿、羚羊、狍子、野山羊、麋鹿、羚羊，等等。凡分蹄成为两瓣又倒嚼的走兽，你们都可以吃。

但缺少以上一样的，都不可以吃。所以骆驼、兔子、山鼠，因为它们倒嚼而不分蹄，对你们来说不洁净；猪，因为分蹄却不倒嚼，对你们来说也不洁净。这些兽的肉你们不可吃，死的也

---

① 尼古拉格：俄罗斯画家（1831—1894），印象派和后印象派艺术家。

不可摸。

水中可吃的是这些，凡有翅有鳞的都可以吃。凡无翅无鳞的都不可吃，对你们来说不洁净。

凡洁净的鸟，你们都可以吃。不可吃的是猎鹰、秃鹰、兀鹰、黑鹰类，各种乌鸦类、鸵鸟、猫头鹰、海鸥、松雀鹰类、鹳、鹭鸶、天鹅、黑水鸡、苍鹰、鹤、鹦鹉类、戴胜和蝙蝠等，凡有翅膀爬行的生物，对你们来说不洁净，都不可吃。凡有翅膀且洁净的鸟，你们都可以吃。

凡自死的，你们都不可吃。

实在是教得很细。想必很麻烦吧。摩西可能把这些鸟兽、骆驼啊、鸵鸟类，都一一尝了个遍吧。骆驼想想就很难吃吧。就算是摩西也会皱着脸说，这不能吃。作为先知者，不仅仅是嘴里说得漂亮，要直接对民众的生活给予帮助。不，几乎可以说全部都是对民众生活的现实帮助，然后在帮助的空闲时间，开始说教。从头到尾都是说教的话，不论是怎样高尚的说教，民众似乎也不会拥护的。我读了新约，基督徒救治病人，让死者复活，给民众分配好多鱼和面包，基本上都被这些事追着跑，精疲力竭。连十二弟子，一旦没了吃的，马上就变得很不安，偷偷摸摸地互相商量。内心温柔的耶稣基督也竟然责骂了弟子们："啊，信仰浅薄的人哟，岂在讨论着没有面包的事，到现在也没有觉悟。将五个面包分给五千人，剩下的零碎有几筐呢？然后将七个面包分给四千人，剩下的零碎又有几筐呢？只记得这些，但我想说的不是面包的事情，岂不能觉悟。"说着深切地叹了气。耶稣基督该如何失落啊。但是没有办法，民众就是这样小气的人，净考虑着自己明日的生活。

一边听着寺内神父的课，一边考虑着很多事，突然如电光石火，感觉到胸中在闪耀。啊，是的，人是从一开始就没有理想的。就算有，那也是基于日常生活的理想。离开了生活的理想——啊，就是去往十字架的道路。而且，那是神的孩子的路。我不过是民众中的一人，只是一个劲儿地在意食物的事。我这段时间，变成了一个生活人，变成了匍匐在地上的鸟儿，天使的翅膀不知什么时候消失了。就算再怎么手忙脚乱也无法开始，这就是现实，没法蒙混过去。"不知人类悲惨，只知神的事情，会引发傲慢。"这好像是帕斯卡①所说，我到目前为止都不了解

---

① 帕斯卡：布莱士·帕斯卡（1623—1662），法国数学家、物理学家、哲学家、散文家。西方科学和思想界的重要人物，发明和改进了许多科学仪器。

自己的悲惨，只知道神的那颗星星。我只想着要那颗星星，那样的话总有一天一定会饮下幻灭的苦酒。此乃人类的悲惨——只考虑吃喝之事。哥哥也在不知不觉中开始说，换不来钱的小说没有意义，那是一个人直率的语言，我却觉得这是他堕落的表现，可能是一个劲儿地批评他的我错了。

人不论说什么漂亮的话都是没用的。生活的尾巴，都悬挂在我们身后。"甘心忍受这物质上的枷锁和束缚吧。我如今要将你们从精神上的束缚当中解放出来。"是这个，是这个了。拖曳着悲惨生活的尾巴，但仍然有救。应该可以向理想迈进。就算是一直担心着明天的面包一边跟着基督的弟子们，最终也能成为圣人。我的努力也能从现在开始重砌炉灶了。

我过去连人的生活都想否定。前天接受了海鸥剧场的考试，我看着坐成一列的艺术家们为保护自己的一点点地位而小心翼翼地努力，就丧失了所有的好感。特别是那位上杉氏之流，被誉为日本第一进步的演员，对于像我一样的无名学生，都燃起竞争意识直到面色苍白，真是可耻可叹，让人心生厌恶。我现在也绝不认为上杉氏的态度是很高尚的，但因此就全盘否定人类生活，是我做过了头。今天我会去海鸥剧场的研究所，和那些艺术家再一次好好交流一下。也许仅凭从二十位报名者中选出我来这件事，我就必须感谢他们。

　　但是放学后，我出了校门，狂风一吹，我突然就改变了想法。总之就是很厌恶的感觉。我讨厌海鸥剧场，他们都是外行。那里不仅仅没有理想的崇高气息，连生活的影子都很稀薄。所谓表演生活的坚定感也没有，可以说是表演虚荣吧，就像仅凭氛围就感觉不错的爱好者们聚到一起的感觉。这对我来说无论如何都是不够的。我从今天开始，就已经不是天真的憧憬家了。虽然这样的说法很怪，我想专业地活着！

　　我决定去斋藤氏那里。今天不论发生什么，我都要请他听听我的觉悟。下定决心的时候，我的身体就像被神的恩惠暖暖地包裹住。别对人的凄惨和自己的丑陋绝望，"凡你手所当作的事，要尽心去做"。

　　不得不努力。不是要从十字架逃跑，不要试图藏起自己丑陋的尾巴，而是要拖曳着它，一步步蹒跚地爬坡。在坡道的尽头，是十字架还是天国，不知道。但我觉得一定是十字架的，是不了解神的存在的人会说的话。只是，"只要照你的意思"。

　　在巨大决心的驱动下，我去了在芝区的斋藤氏宅邸，但还是不太擅长应付那个房子。在进门之前，我就感觉到奇怪的威严感，甚至大卫①的城寨也不过如此吧。

我按了门铃，出来的还是之前那位女性。果然按照哥哥的推测，她应该就是秘书兼女佣。

"哎呀，你来啦。"她还是这样自来熟，完全在小看我。

"老师在吗？"我没有事找这样的女人，我不苟言笑地这样问道。

"老师在的哦。"她用一种毫不谨慎的语气。

"我有重要的事情，我能见……"我正要说，女人笑出了声，用双手按住嘴巴，面色通红地笑噎住了。我实在是不痛快。我已经不再是以前那样的小孩了。

"什么这么好笑。"我用平静的语调说道，"我务必想见见老师。"

"好的，好的。"她点点头，笑得都要摔倒般地退到房间里面去了。我脸上难道是沾了墨水什么的吗？真是失礼的女性。

过了一会儿，她这次的神情有点难以捉摸："很遗憾，因为老师有点感冒的迹象，所以今天看来没有办法与您进行会面了。如果您有要事，就在这张纸上写下来。"说着递给了我便条和钢

---

① 大卫：圣经里的以色列君王。

笔。我很失望。所谓老专家，就是这样如此任性的人，可以说是生活能力很强吧，总之是个业障很深的人。

我放弃了见面的念头，就在玄关的台阶上坐下来，在便条上写了一点内容。

"我通过了海鸥剧场的考试。考试非常随意。窥一斑可知全豹。昨天收到的通知让我今天下午六点去海鸥剧场的研究所，但我不想去。我很迷茫。请指点我。我想进行务实的修行。芹川进。"

这么写完之后，我把它递给了女人，怎样都不能写得好点儿。女人拿着那张便条又去了里面，很长一段时间都没有出来。我有点儿不安，有种自己一个人孤零零地坐在山中寺庙的感觉。

突然，我听到那个女人高声笑着走了出来。

"好了，这是回复。"不同于刚刚的便条，她递给了我像是撕碎了卷纸般的小纸片，上面用毛笔信笔写了字。

"春秋剧场。"

只有这些，其他什么都没写。

"什么呀这是。"我有点儿怒上心头，耍弄人也要有个度。

"这是回复。"女人抬头看了看我的脸，天真地笑着。

"是让我进春秋剧场吗？"

"不是这样吗？"她轻松地回应。

我也是知道春秋剧场的存在的。但是春秋剧场是由真正的高级的歌舞伎演员聚集组织起来的剧团，不是那种像我这样的学生能恬不知耻地去做团员的剧团。

"这做不到哇。如果有老师的介绍信的话倒还……"我正要说，突然晴天霹雳——"一个人去做！"从里面传来大喝一声。

我大吃一惊。原来本尊在隔扇背面藏着在听呢。震惊。真是可怕的老先生。我连滚带爬地离开了。厉害的老先生，实在是令人震惊。回到家之后我对哥哥说了今天事情的来龙去脉，哥哥捧腹大笑。我也不得已地笑了笑，但心里有些懊恼了。今天完全被摆了一道。但是被斋藤老师（之后这么叫吧）奇妙的嘶哑声大喝一声之后，我有种这两三日的灰色云朵都突然飞散了的感觉。一个人干吧！春秋剧场！但是到底要怎么做呢？我完全没有头绪。哥哥也有些困惑。那我就好好地研究一下春秋剧场吧，这就是今晚我们的结论。

意想不到的事情接二连三地发生。人生就是这样无法预判。这段时间我觉得我真正明白了信仰的意义。每天，都是奇迹。不，生活的全部就是奇迹。

五月十四日。星期日。

阴转晴。两三天没有写日记，因为没有什么特别的变化。这段时间，不知为何心情沉重，我不能像以前一样喜不自禁地写日记了，甚至感觉到记日记的时间都有些可惜。说是持重吧，我开始觉得把无聊的事情一一都记入日记里是小孩子的扮家家游戏，是件很让人难过的事。必须持重，我频繁地这样想。贝多芬说过，"你不能为你自己而存在"。我也这么觉得。

今天早上开始家里就很吵闹。母亲终于去了九十九里的别墅疗养了。今天说是"大安"的好日子，虽然早上天气有点阴，但母亲坚持要今天去，终于出发了。铃冈先生和姐姐也一大早就来帮忙。目黑的"一点点"姑妈也来了。虽然我和姑妈讲好了要慎重使用"一点点"这个形容词，但是已经成了一种口头禅，稍有不注意就讲出来了。附近的大叔、朝日出租的少东家、还有主治医生香川先生，大家总动员，一起打点出发的事。因为母亲毕竟是长期卧床的病人，会有些麻烦的。护工杉野和女佣阿梅会跟着母亲一起去，留在家中的是哥哥、我和工读学生木岛，然后还有铃冈先生的远方亲戚——年过五十的婆婆。这位婆婆，名字叫俊，是个非常诙谐的人。杉野和阿梅都跟着母亲过去，目前家里没有做饭之类的人，就临时请这位婆婆来的。之后家里要更加冷清了吧。母亲和香川、护工杉野一起上了大型出租车，铃冈夫妇和女佣阿梅上了另外一辆，两辆出租车都径直开往九十九里的松风园。香川和铃冈夫妇看着母亲在那边安定下来之后，就再坐汽车回京。忙得乱哄哄的。经过家门口的路人，有二十人左右都好奇地停下来看来着。母亲被朝日出租车的少东家背着，泰然自若，大声斥责着阿梅，用手推开人群坐上了汽车，很令人惊叹的光景，像陀思妥耶夫斯基 [1] 的《赌徒》里的那位婆婆一样，总之很有精神。母亲如果在九十九里静养一两年的话，可能会真的彻底痊愈吧。

大家出发之后，家里就变得空荡荡的，我有种无依无靠的感觉。不，比起这个，在早上的忙乱之中还发生了有点奇妙的事。早上哥哥和我不仅帮不上大家的忙，还净添麻烦，所以就去了二楼避难。我们正在说帮忙的人们的坏话，杉野就板着脸，好像有什么事情一样到我们的房间来了，她一屁股坐下："要暂时分开了呢。"似笑非笑的表情，拧着嘴巴说道，一瞬间后，嘤嘤地趴下哭出声来。

---

① 陀思妥耶夫斯基：费奥多尔·米哈伊洛维奇·陀思妥耶夫斯基（1821—1881），俄国作家。代表作有《罪与罚》《卡拉马佐夫兄弟》《白痴》等。

很是意外，哥哥和我面面相觑。哥哥噘起了嘴，很困惑的样子。杉野又接着抽抽搭搭地哭了两三分钟。我们都没说话。杉野终于站了起来，用围裙将脸遮住，就那样走出了房间。

"什么呀。"我小声说道。哥哥的脸也皱起来，说："不像话。"

但是我大概能理解。那个时候我们彼此没有再聊更多关于杉野的事，开始闲聊些其他的，大家都坐上出租车出发以后，哥哥果然像在思考着什么。

他在二楼的房间仰着躺下："要不结婚吧。"说着笑了。

"哥哥之前就注意到了吗？"

"不知道。刚刚她哭了，我心里才咯噔一下。"

"哥哥也喜欢杉野吧。"

"不喜欢啊。她比我的年纪还大。"

"那为什么要结婚？"

"毕竟她哭了呀。"

两个人一起大笑起来。

杉野也有人不可貌相的浪漫之处。但是这个爱情故事却无法成立。杉野的求爱形式，只是让对方看着自己嘤嘤哭泣而已，实在是极其拙劣的形式。爱情故事中，滑稽感是禁忌。杉野那个时候哭了一会儿，一定是觉得"完了！"就那样放弃了一切出发去了九十九里。老姑娘的恋情虽然很遗憾，但似乎是终于一场笑话。

"是烟花。"哥哥得出了一个诗人般的结论。

"线香烟花。"我像个现实主义者一样更正了他的说法。

总觉得心里空落落的。家里变得空荡荡的。吃完晚饭，我和哥哥讨论之后一起去了舞场。我们也邀请了木岛。俊婆婆留下来看家。

舞场里，春秋剧场一帮人正在演出。

是新人川上祐吉氏改编的《女杀油地狱》①和鸥外的《雁》②，还有新舞蹈③《叶樱》。这几部似乎都是在报纸上广受好评的。我们去的时候，《女杀油地狱》已经结束了，《叶樱》也落幕了，最后的《雁》正要开始。舞台上充斥着明治的氛围。我是大正年间出生的，并不知道什么是明治的氛围，但是在上野公园和芝公园散步时，就能忽然感触到类似乡愁的东西，我相信那一定就是明治的味道吧。只是，演员的台词基本上就是

---

① 《女杀油地狱》：江户时代净琉璃及歌舞伎作者近松门左卫门的人形净琉璃。

② 《雁》：《雁》是日本作家森鸥外创作的中篇小说，描写了明治年间一个贫苦的少女沦为高利贷主的情妇。

③ 新舞蹈：脱离歌舞伎舞蹈，受剧作家坪内逍遥的影响，明治末期·大正初期开始的舞蹈，加入了西洋舞蹈的要素。

昭和对话的调子，有些遗憾。可能是编剧的疏忽。演员彼此配合得很好。我认为是个好剧团。如果能进入这样的剧团，那我就没什么好挑剔的了。幕间休息时我到走廊走走，在走廊的拐角处放着一个小箱子。那个小箱子上用白油漆写着"请告诉我们您今晚的感想"，我忽然灵光一闪。

我在箱子里附上的便条上写下了"我是团员报名者，请告诉我申请手续"，连着住址和名字，一起投进了箱子。这该是个多好的主意呀。这又是一个奇迹。这样好的办法，在我读完箱子上的文字之前都没有意识到。是一瞬间的灵光。是神的恩宠。但是我没有告诉哥哥。也不是因为被他嘲笑会烦心，比起这个，我想今后要尽量不去依赖哥哥，一切都凭自己的直觉独往独行、向前迈进。

六月四日。星期二。

晴天。在我都已经要忘记的时候，从春秋剧场来了一封信。幸福的消息，在等候的时候是绝对不会来的，绝不会来。等着朋友吧，啊，那个脚步声是？这样想着心潮澎湃的时候，就绝不是朋友的脚步声。然后，那个人会在不经意间到来。脚步声也好什么也好，在完全指望不上的时候，它就瞄准空白的时候，意外地到来。实在是不可思议。春秋剧场的信是用打字机打出来的，大意记在这里："今年，我们计划采用三名新团员，仅限十六岁到二十岁的健康男生。不问学历，会实行笔试。入团两个月，作为准团员每月支付化装费三十日元以及交通费。准团员的最长期限为两年，之后作为正式团员和全部团员一起享受同等待遇。如果经过最长期限，仍未获取正式团员资格的人，将被除名。报名者于六月十五日以前，将亲笔书写的简历、户籍副本、四寸近照一张（上半身正面）以及户主或者监护人的许可证明一并送至事务所。考试等其他事项随后另行通知。至六月二十日深夜未收到通知者，可自行放弃。其他个人的咨询不予回应。等等。"

　　原文虽然不是这般死板的文章，但基本上是这样氛围的一封信，确实连细节都写得非常清晰，一点儿华丽之处都没有。另外，能感觉到是非常严肃的东西，读的时候都想坐直身体。在海鸥剧场那时候，我只是心情激动、大惊小怪，但这次不再是开玩笑了。我甚至感到郁闷。啊，我终于要从事表演这行了，这么一想，我的眼眶都湿润了。

　　采用三名，能不能成为这三个人之一，我完全没有把握，总之先试试看吧。哥哥今晚也很紧张。今天我从学校一回来，"进，从春秋剧场来了一封信哦。你不会瞒着哥哥，偷偷给它们提交了捺了血手印的请愿书吧？"哥哥说了这些话，我听了之后都笑了。哥哥打开信和我一起读了里面的内容，突然变得认真起来："如果父亲还活着会怎么说呢？"甚至说出这些心里没底的话来。哥哥很温柔，还很脆弱。事到如今我还能去哪里呢？长久苦恼的结果是，我好不容易终于走到了这里。

这样一来，斋藤老师一人，就是我的救命稻草了。春秋剧场，清晰的四个字，是斋藤老师写给我的。然后他大喝道，一个人去做！试试看吧。看能做到什么程度吧。初夏的夜晚，星星很漂亮。母亲！我小声说道，感觉到有些难为情。

六月十八日。星期日。

晴天。很热的一天，炎炎烈日。星期日，我想睡个懒觉，但太热了，睡不着，八点钟就醒了。然后春秋剧场来了邮件。

第一关，过了。虽然在情理之中，但我还是松了一口气。我以为通知会在明天或者后天来，但幸福果然心眼儿很坏，偏偏在意想不到的时候来到。

159

七月五日，上午十点开始于神乐坂，将在春秋剧场表演训练场实施第一次考查。第一次考查是脚本朗读、笔试、口试、简单的体操。脚本朗读，其一不限内容，应试者可以自备喜欢的脚本内容，带到考场进行自由朗读，但是朗读时间在五分钟以内；其二将由我方于考场提供一份朗读的脚本。笔试尽量使用铅笔。体操不要忘记准备便于活动的裤子和上衣。无须带便当，该训练场会提供便饭。当日九点五十分在表演训练场的休息室集合。

照旧很简洁。写着第一次考查，那样的话就算通过了这次考试，还会继续第二次、第三次的考查吧，真是相当慎重。但是要确定是否适合做演员，或许真的需要如此重视，和去公司和银行工作的情况不一样。如果进行不负责任的审查并胡乱采用，而被录用的人又不适合做演员，没法轻易改行，马上又去隔壁的银行，那这个人的一生就会被破坏得乱七八糟了吧。请一定要进行非常严格的审查。像海鸥剧场一样，就算通过了也因为不安而去不了。我这边可是什么都舍弃了，赌上了一切，我不能接受不负责任的对待。

脚本朗读、笔试、口试、体操这四个种类中，自由选择的脚本朗读是很有内涵的，是个有点聪明的审查方法，根据选择的内容也能全部了解应试者的个性、教养、环境等，这很困难。距离考试还有两个星期，从容地、冷静地，选出完整的脚本吧，也和哥哥好好商量之后再决定吧。哥哥四五天前去九十九里看母亲去了，今晚或者明晚会回京。昨天晚上哥哥来了信，母亲在一个星期前发烧了，不过现在已经退了烧，终于恢复精神了。杉野女士晒得全黑了，若无其事地工作着。哥哥出发的时候还开着杉野会不会可能又为他哭之类的玩笑，但似乎没有发生什么。哥哥确实是很天真了。

晚上，木岛和俊婆婆还有我三个人一起做了很奇怪的冰激凌，正在吃的时候门铃响了，开了门之后，木村的父亲傻傻地站在玄关那。

"我们家的傻瓜来过了吗？"他很有精神地问道。

据说前天夜里，木村抱着吉他出了门，那之后就没再回家。

"这段时间完全没见着面啊。"说着我歪了头。"抱着吉他出的门，我想一定就是你这儿了，就顺道过来看看。"他似乎有些怀疑的感觉，用不耐烦的眼神盯着我。别瞧不起人。

"我已经不弹吉他了。"我这么一说。"是吧。一把年纪了，还要玩那样的乐器到什么时候，实在是不值得夸奖。那我打扰了。如果那个蠢货来的话，也请你给他讲讲道理。"留下这句话他就回去了。

不良少年木村，没有母亲。虽然不想说别人的八卦，但他家似乎是有点乱七八糟的。比起给木村讲道理，我倒更想给木村的家人们讲讲道理。木村的父亲虽然是所谓位居高官的人，但是没品位，眼神也很粗鄙。虽然说是自己的孩子，但是到别家也是说着，我家的蠢货、我家的蠢货，这也不好。实在是让人听不下去。木村也有木村的问题，但是父亲也有父亲的问题。总之，我对此没什么兴趣。据说但丁[①]只是看着地狱里的人们受苦，一根绳子也不投给他们。这样即可，这段时间我也这么认为。

七月五日。星期三。

晴天。傍晚下了小雨。我试着把今天一天发生的事都详细地记下来吧。我现在非常平静，都到神清气爽的程度了，心里没有一丝不安。我尽力了，剩下的就交给天父。爽朗的微笑涌上嘴角，我今天真的毫不隐藏地用尽了所有的力气。所谓幸福，可能就是这种感觉。是否通过，我一点儿也不在意。

---

① 但丁：但丁·阿利吉耶里（1265—1321），意大利中世纪诗人，现代意大利语的奠基者，欧洲文艺复兴时代的开拓者，以史诗《神曲》留名后世。全诗为三部分：《地狱》《炼狱》《天堂》，以长诗的形式，叙述了但丁在"人生的中途"所做的一个梦，以此来谴责教会的统治。后面提到的即《神曲》里提到的内容。

今天我在春秋剧场的表演训练场接受了第一次考查。早上七点半就起了床，六点左右就醒了，但我想确认精神准备上是否还有疏漏的地方，就在被窝里深深地、静静地思考。如果要说疏漏，那可以说全都是疏漏，但我也不会因此而慌张。总之，哪儿都不会有困难的。如果想糊弄过去的话，那就各种情况都会变得困难。不敷衍、不糊弄，剩下的就交给命运了。如果内心做好了这一条准备，其他的也都不需要了。我想作一首诗，但作不出来。起了床、洗了脸，照了镜子，是一张平静的脸，应该是昨晚睡得很熟的原因吧，眼睛很清澈。我笑着对镜子鞠了一躬，然后一口气吃了很多早饭。俊婆婆也吃了一惊，以前总是睡懒觉的我，要考试了还能好好早起，早饭也吃很多，"男孩子不这样是不行的"，她用一种奇怪的说法表扬了我。俊婆婆似乎自行理解为我今天学校有考试了，如果知道我是去参加演员的考试，可能会吃惊得不得了。

我收拾好了自己，然后对着佛坛上父亲的照片鞠了一躬，最后去了哥哥的房间，大声说道："我去了。"哥哥还在睡觉，闻言突然坐起上半身说道："什么呀，要去了吗？神之国度像什么呀①。"

---

① 神之国度像什么呀：这一句，以及下文的"就如同一粒芥菜种子""培育的话会变成树"，都出自《新约圣经》。

说完便笑了。

"就如同一粒芥菜种子。"我回答道。

"培育的话会变成树。"他用饱含深情的语气说道。

这是作为前途的祝福都有点浪费的好句子。哥哥果然是比我优秀百倍的诗人，瞬时之间就能恰好选出合适的句子。

外面很热。我一步步地走在神乐坂，到了春秋剧场的表演训练场的时候，是九点过了一点儿。有点早了，我就去了红屋喝了苏打水，擦了汗，然后再悠闲地出发了，这次正好。那是一栋古老的大住宅。我在玄关脱了鞋子，一位细致地系了和服腰带的、领班样的年轻人出来了，小声说着请进，给我重新摆放了拖鞋，给人很沉稳的感觉，完全就像是在接待客人一样。休息室是二十块草席左右大小的、宽敞明亮的日式房间，已经有七八个应试者到了。大家都相当年轻，就像孩子一样，虽然有十六岁到二十岁的限制，但那七八人乍一看，就像是十三四岁的孩子。有人是娃娃头，有系着波西米亚领带的人，有穿花哨花纹和服便服的人，看起来都像是艺伎的孩子。我难为情了。刚刚那位领班模样的人端来了煎饼和茶给我，说"请稍事等待"，我不胜惶恐。应试者渐渐地来了。二十岁左右的人也来了三四个。但是大家都穿着西服或者和服，竟然只有我一个人穿着学生制服。虽然都是些不太机灵的长相的人，但没有像海鸥剧场那样阴郁的感觉，没有人生失败者之类的感觉。我只是好奇地东张西望着。人数到了二十人左右的时候，还是之前的那位领班进来，用平静的语气说："让你们久等了。我会叫到各位的名字。"然后喊了五个人的名字，"这边请。"把他们带到了别的房间。没有叫到我的名字。之后就是鸦雀无声。我站起来，去了走廊，眺望着庭院，是餐馆或旅馆的感觉，庭院也相当宽敞，能微弱地听到电车的声音。烈日炎炎。大概等了三十分钟，在再叫到的名字里，有我。之前的那位领班带着我们五个人在稍显昏暗的走廊拐了两道弯，带我们到了一个通风很好的西式房间。

"呀，欢迎。"穿着西装的长相非常俊俏的青年很热情地迎接了我们，"下面进行笔试。"

我们围坐在中央巨大的桌前，我们每人从那位俊俏的青年那里领了三张稿纸，开始记笔记。"写什么都可以，感想也好、日记也好、诗歌也好，一切均可，只是多少都要写下与春秋剧场相关的事情，如果突然想到海涅①的恋爱诗歌什么的就那样写

---

① 海涅：海因里希·海涅（1797—1856），德国抒情诗人和散文家，被称为"德国古典文学的最后一位代表"。

165

下来的话，我们会很难办的。时间是三十分钟，请把要写的内容整理在一张以上、两张以内的稿纸上。"

我从自我介绍开始写，然后坦诚地写下了春秋剧场的《雁》的观后感，刚好写了两张纸。其他人写写擦擦，看起来很是费脑筋的样子。即便是凭借简历和照片，从众多的报名者中选出来的少数者，也都是些不靠谱的选手们。但是，正是这样白痴一样的人，可能会在演技上意外发挥天才般的才能也说不定，是有可能的事。不可掉以轻心，等等，我正在考虑这些，领班冷不防地在门口探出脸来："写完了的人拿着答案，请往这边走。"又要引导我们去别处。

写完了的人只有我一个。我起了身，去了走廊。我被带到了别栋的大房间。在相当气派的房间里，放了两张很大的餐桌，靠着壁龛的餐桌旁围坐着考官六人，两米之外是应试者的餐桌。应试者只有我一人，在我们之前被叫到名字的五名应试者，都已经结束考试离开了吧，一个人都没有。我站着行了礼，然后对着餐桌端正地坐了下来。在的，都在。市川菊之助、濑川国十郎、泽村嘉右卫门、坂东市松、坂田门之助、染川文七，最好的干部级演员，都一起嘻嘻笑着看着我这边。我也笑了。

"你读什么？"濑川国十郎，露出金牙说。

"《浮士德》！"我干劲十足地回答，国十郎轻轻地点了点头："请开始。"

我从口袋里取出森鸥外翻译的《浮士德》，还是读了此前读过的鲜花盛开的原野那场，这次才是读得响彻云霄。选定《浮士德》之前，我和哥哥两人切实考虑过了。哥哥的意见是，在春秋剧场歌舞伎的古典很有人气，默阿弥①和逍遥②、绮堂③，还有斋藤老师的作品等都演了很多。但我怎样都没法模仿左团次④和羽左卫门⑤的语调，没办法发挥出我的个性。而武者小路⑥和久保田万太郎⑦的台词又会中断，不太适合当作朗读的文本。朗

---

① 默阿弥：河竹默阿弥（1816—1893），江户时代幕末到明治时代的活跃歌舞伎，狂言作者。代表作有《都鸟廓白波》等。

② 逍遥：坪内逍遥（1859—1935），日本小说家、评论家、翻译家、剧作家。代表作有《小说精髓》《当世书生气质》及莎士比亚全集的翻译，对近代日本文学的建立及戏剧改良运动有巨大的影响。

③ 绮堂：冈本绮堂（1872—1939），日本小说家、剧作家。作为新歌舞伎的作者而闻名，著有小说《半七捕物帐》等。

④ 左团次：市川左团次，歌舞伎演员的家名，堂号高岛屋。初世（1842—1904）是4世市川小团次的样子。稳健的表演风格，在默阿弥的支持下活跃于新创作历史剧。

⑤ 羽左卫门：市村羽左卫门，歌舞伎演员的家名，十五代目市村羽左卫门（1874—1945），市大正时期到战前昭和时期歌舞伎的代表演员之一，也是能代表时代的美男子，堂号橘屋。

⑥ 武者小路：武者小路实笃（1885—1976），日本小说家、诗人、剧作家、画家。代表作有《荒野》等。

⑦ 久保田万太郎：日本小说家、剧作家、俳句诗人（1889—1963），作为耽美派的新人作家出道，在新派、新剧、歌舞伎的改变、演出等多方面展开活动。担任日本戏剧协会会长，被文坛、戏坛相当重视。

读的文本里如果有一个人分饰三角朗读对话什么的，现在凭我的力量是很危险的。而一个人说很长的台词的场面，在一个戏剧里面最多也就两个或三个，不，甚至有一个都没有的，意外的很少，偶尔也有，但那已经有了著名演员的声调，是宴会的余兴。什么都行，选一个，真这么说，实际上又会很迷茫。磨磨蹭蹭的时候，考试的日期就逼近了。干脆就读《樱桃园》的罗巴辛吧。不，如果选这个，不如选《浮士德》。那个台词是在海鸥剧场的考试上，猛然之间我凭直觉找到的，是值得纪念的台词，一定是和我的宿命有怎样的关联。那就决定《浮士德》了！结果就是这样了。如果为了《浮士德》就算失败我也不后悔。于是，我用一种谁都不忌惮的姿态高声朗读了。一边读，一边感觉到很痛快。没关系，没问题的，感觉有人在背后这么说着。

我们是在五彩折光中感悟人生！刚读完我就不由得微微一笑，感觉有点儿高兴。考试什么的都无所谓了。

"辛苦了。"国十郎氏稍稍低了下头，"还有一个需要你来朗读。"

"好的。"

"请将在那边写好的答案，在这里朗读出来。"

"答案？是这个吗？"我有些慌张。

"是的。"他笑了。

这个让我有点为难了。但是春秋剧场的人们都相当聪明。这样一来，就省去了之后一一检查的工夫了，能节约时间。如果写着一些没意义的话，在朗读中会变得语无伦次，文章的缺点也会越发清晰吧，可以说我们是被他们摆了一道。但我重新调整好心情，从容地、不发怵地念了起来，声调上不带些许的抑扬顿挫，用自然的声调朗读出来。

"很好。把答案放下离开，请在休息室继续等待。"

我稍稍鞠了一躬就出去到了走廊，那时才意识到背后都被汗打湿了。回到休息室，我靠在房间墙上，打着哈欠等了三十分钟左右。等的时候，和我同组的四个应考生也依次回来了。大家都到齐了，那位领班又来接我们，这次是去做体操。带我们去了类似澡堂更衣室的、非常空旷宽敞的、铺有地板的房间。不知道叫什么的两位四十岁左右的演员，系着和服腰带，看起来相当像干部，坐在房间角落的藤椅子上。事务员样的年轻人穿着白裤子、白衬衣，对着我们喊口令。穿和服的人要将和服全部脱掉，不过穿西服的人只需将外衣脱掉就好了，我们这组的人全部都是西服，所以在装束上不费工夫。马上就开始做体操了。五个人一起向右、向左，向右转身、前进、快跑、停下，然后做了类似广播体操的东西，最后依次大声报出自己的名字，结束。虽然通知上写的是简单的体操，但也没那么简单。稍微有些疲惫。回到休息室，休息室里并排摆着一列餐桌，应考生们都一个个地已经开始吃饭了，是炸虾大碗盖饭。看起来像荞麦面店的小伙计的两个人，在之前那位领班的指示下，到处走着在添茶，挪动着盖饭。天气相当炎热，我滴滴答答不停流着汗吃了盖饭，怎么吃都没吃完。

最后是口试。领班每次会叫到一个人领走。口试的房间就是刚刚朗读的房间，但是房间的氛围完全不同了，乱七八糟，非常杂乱。两个大餐桌刚好被拼在一起，应该是文艺部还是企划部的人吧，头发长长的但脸色不太好的三个人脱掉了外衣用惬意的姿势在餐桌上撑着手。餐桌上乱放着很多文件，还有喝到一半的冰咖啡的杯子。

"请坐，盘腿坐，盘腿坐。"似乎是最年长的人推荐我用坐垫。

"芹川先生对吧。"他说着，从桌子上的文件中选出了我的简历和照片等。

"还打算继续念大学吗？"实在是一针见血的问题。我的烦

170

恼正是如此。毫不留情啊，我想着。

"正在考虑。"我把所想的回答了出来。

"两边都兼顾是不行的。"他穷追猛打继续说。

"那，"我小声叹了口气，"等被采用了，"然后就停下不说了。

"那是的，话虽如此。"对方敏锐地体察了我的心思，笑道，"毕竟还没有决定采用呢。很愚蠢的问题是吧。不好意思，贵兄长好像还很年轻啊。"真是吃不消。从我注意不到的地方直接提问，我是扛不住的。

"是的，二十六岁。"

"哥哥一人的承诺没问题的吧？"真的是很担心的语气。这位像是口试主任的人，我想一定是吃尽了世上的艰苦吧。

"那没问题的哦，哥哥非常努力。"

"很努力吗？"他开朗地笑了。其他的两个人也互相看着微微笑了。

"你选择朗读《浮士德》，对吧。是你一人选择的吗？"

"不，是和哥哥商量了的。"

"那就是哥哥替你选的吗？"

"不是，和哥哥商量了怎么都不能确定，我就一个人决定了。"

"这样说有点失礼，但你很了解《浮士德》吗？"

"一点儿也不了解，但是《浮士德》里有着我非常珍贵的回忆。"

"这样。"他又笑了，"有回忆呀。"用柔和的眼神盯着我的眼睛，"在做什么运动呢？"

"中学时期稍微踢了下足球，现在没有踢了。"

"过去是选手吗？"

那之后又问到了非常细节的地方。走得近的亲戚有什么样的人，还有没有所谓哥哥的监护人之类的，家庭情况相关的问题是最多的。但是对方是很自然流畅地问的，所以我也能很轻松地做出回答，没有不愉快。最后，"你中意春秋剧场的哪一点？"

"没什么特别中意的。"

"啊？"考官们都突然紧张起来。主任眉宇间清清楚楚地展示着非常不快的神情，"那你为什么想进春秋剧场呢？"

"我什么都不清楚，只是稀里糊涂地觉得这是个很厉害的剧团。"

"只是，偶然？"

"不是，我必须成为演员，除此之外没有其他的路了。然后

172

很迷茫，就找某位人士商量，然后那个人在纸上写了春秋剧场给我。"

"在纸上吗？"

"那个人稍微有些奇怪。我去找他商量的时候说是有感冒的迹象，所以没有见我。我在玄关，在便条上写下请告诉我好的剧团，然后递给了一位女佣还是秘书，总之很爱笑的女人，让她替我转达。然后，那位女人就从里面拿来了回复的字条。但是那张纸上，只写了'春秋剧场'这四个字。"

"是哪位啊，那个人？"主任睁圆了双眼问道。

"是我的老师。但是那只是我一个人任性地这么认为的，对方可能完全没有把我当回事。但是我决心把他当作我一生的老师。我和那个人只说过一回话，是我追上去让他允许我一起坐了车。"

"到底是哪位呢？多半是剧坛的某位人物吧。"

"这个我不想说。我们只是有过一次一起坐车谈话的经历，如果我利用了他的名字，那就太卑鄙了，我不想这样做。"

"我知道了。"主任认真地点了点头，"然后呢？那个人给你写了春秋剧场四个字，你就径直飞到我们这边来了？"

"是的。只是写着进春秋剧场，其他什么也没有，我当时还对那位女佣抱怨了的。然后从隔扇的背面传来了一声怒吼,'一个人去做!'是老师在隔扇背后站着听着。所以我一个人……"

两名年轻的考试官笑出了声,但是主任没怎么笑,"很爽快的老师呢,是斋藤老师吧。"主任若无其事地说道。

"那我不能说。"我也笑着,"我要是能变得有名气了,我再告诉您。"

"好的。那就到这里,很好。辛苦了。你吃过饭了吗?"

"是的,已经吃过了。"

"那之后,可能两三日之中会有一封通知给到你,如果两三日之中什么通知都没有的情况,你会再次去那位老师家商量的吧?"

"有此打算。"

然后,今天的考试就全部完成了。我带着很满足、很沉稳的心情回了家。晚上和哥哥两人一起做了芹川式的牛排,也请俊婆婆吃了。我真的很平静,但哥哥好像暗自焦躁不安。虽然他很想问我考试的情形,但我却反过来问他些,神之国度像什么呀之类的问题,一点儿也不想谈起已经结束了的考试。

晚上写了日记。这可能是我最后的日记了。不知为何,有这样的感觉。睡觉吧。

七月六日。星期四。

阴天。早上很困，怎么都起不来，就跟学校请了假。

下午两点，春秋剧场来了快件。"要进行健康诊断，八日正午，请拿着这封信去下列医院。"下面写着虎门的某所医院。

这也就是所谓第二次审查的通知。哥哥说这就等同于是通过了，很是安心的样子，我不这么想。我甚至觉得去了医院，昨天的应考生们又会都聚到一起。我要养精蓄锐，做好再一次从头战斗的准备。幸运的是，我身体应该没有什么不好的地方。

晚上一个人听着唱片度过的，听莫扎特的长笛协奏曲的时候，我微笑着眯起了眼睛。

七月八日。星期六。

晴天。我去了虎门的竹川医院，现在刚回到家。热呀，真热。请允许我穿着一条内裤写日记。一去医院，只有两个人。我和一位娃娃头、看起来像十四五岁的小男孩，只有我俩。其他的人似乎都落选了。真的是很严格的审查我不禁打了寒战。

三位医生轮流给我们做着身体各处的检查。这极其严格的检查让我有些无奈，要照 X 光，还要检查血液和尿液。小男孩被检查出了沙眼，都要哭了，但是听完医生说这是治疗一个星期就能治好的轻症，就马上嘻嘻笑了起来。小男孩的面容没有那么可爱，但是却有着令人发怵的个性，长着很长的一张脸，可能意外地拥有天才般的才能吧。我们的检查进行了近三个小时。

春秋剧场来了位事务员模样的人，回程时三个人一起的。"真好哇。"那位事务员说道，"最开始的申请书还有从桦太①、新京②等地寄过来的，差不多有接近六百封。"

"但是结果还不确定吧。"我说道。

"是呀，结果会怎样呢。"他含混不清地回复。

如果通过，据说会在一个星期以内收到正式的通知。我们在市营电车的停车场分开了。

我告诉了哥哥之后他大为欢喜。我从没见过哥哥这么高兴。

"太好了呀，太好了！小进想成为演员的决定是对的。六百

---

① 桦太：桦太岛。中国称为库页岛，俄罗斯称为萨哈林岛。位于日本北海道上方。清末之前属于中国，1860 年后，先后被俄国和日本控制，现在被俄罗斯完全控制。
② 新京：当时满洲国的首都。现在是中华人民共和国吉林省长春市。

人中选出两个人，太厉害了不是吗？了不起呀，谢谢你，我已经高兴成这样了……"说到这里，哥哥哭了起来。我有点混乱了。现在高兴还早了点。

收到正式通知以前，不能掉以轻心。

七月十四日。星期五。

晴天。录取通知来了。

七月十五日。星期六。

晴天。烈日炎炎。昨天把装有录取通知的信封放在了佛龛，和哥哥二人一起向父亲报告了这个消息。真的有一种自己能成为日本第一演员的感觉。历经艰辛，不如说是要从现在开始。但是"我愿证明，凡是行为善良与高尚的人，定能因之而担当患难"这是贝多芬说的，非常壮烈的觉悟。从前的天才们都是以这种精神去战斗的，不屈不挠，向前迈进。昨天晚上，哥哥、木岛和我去了猿乐轩，开了个小小的庆祝宴，祈祷着母亲的健康干了杯。木岛醉了，唱了《茶切节①》这首歌。

---

① 茶切节：北原白秋作词，町田嘉章作曲，大正时期到昭和时期初期诞生的宣传静冈县的新民谣。

这段时间，我完全没去学校，我想从第二个学期开始休学。哥哥也说除此之外别无他法。下周一开始我就必须每天都去春秋剧场的训练场了，据说要马上给公演的人帮忙。进修生时期的两个月也有津贴，每月十二日元，给公演帮忙的时候也会另外有一些，去训练场的交通费也都会正规支付。两个月之后，作为准团员，每个月的化装费是三十日元。那时候两年内，津贴会一点点增加，两年之后成为正式团员，会和全体团员享受同样的待遇。如果顺利的话，我在十九岁的秋天就能成为正式团员了。但是现在不是陶醉在这样天真的空想里的时候，当下的努力很重要。可能会很辛苦吧。两年过后，成为正式团员，那之后才是真正演员的修行，十年修行后，二十九岁。会发生很多事吧。那时候，比起个人的演技来说，选择什么样的脚本才是最大的问题吧。总之要努力，一定要成为了不起的演员，像乘独木舟划向大海一样。但是从这个月开始，就已经能拿到一点薪水了，这让我心里痒痒的。有一点点，高兴。最初的薪水，我想用来给哥哥买一支钢笔。哥哥说明天要去沼津的母亲老家避暑，计划待上十来天。如果和往常一样，我当然也会一起去，但是毕竟从下周开始，我就是"工作"之身了，不能随心。今年夏天，我会留在东京好好加油。哥哥的题为"文学公论"的小说，最终好像还是赶不上截止日期了。他写了大概一半的时候，让津田先生看了看，意外地得到了好的评分，受到了很大的激励。但是那之后不知为何，无法顺利进行，最终要放弃的样子。真的是很可惜。哥哥总是拿自己和巴尔扎克、陀思妥耶夫斯基等人比较，叹息着自己力量不够，从一开始，想要赢过那些人的想法就欲望太深了不是吗？"果然写小说，不过三十是不行的。"说着这些，那三十岁之前，先写些小的散文诗之类的怎么样呢？总之哥哥是拥有很厉害的才华的，早晚能找到状态，一定能写出世界级的杰作。哥哥文章的此类美感，在日本无人能及。

今晚泡了澡，我照镜子发现自己面容憔悴，吃了一惊。仅仅两三天的工夫，面容竟有如此变化，果然这两三天是相当操心的吧。我颧骨凸出，完全是成熟的面孔了，非常丑陋。必须想点办法，我已经是演员了，演员必须重视自己的面容。不知怎的，我不满意这张脸，就像干瘦的猴子一样。从现在开始，我每天早上都要用面霜和化妆水，必须要保养好脸了。虽说刚成为演员，也没必要着急打扮，但这样没有活力的面容实在是难办。

夜晚在蚊帐中读书，读的是《约翰·克利斯朵夫》[1]第三卷。

八月二十四日。星期四。

阴天。地狱之夏。我都要发疯了。讨厌，真讨厌！我都不知道我考虑过几次自杀了。我会弹三味线了，也能跳舞了，每天都从上午十点练习到下午四点。表演训练场，就是地狱之谷！学校休学了，我已经没有其他可去的地方了。惩罚！果然我小看演员了。

被诅咒的人哟，你的名字是少年演员。竟然身体还能撑得住，我自己都觉得不可思议。虽然我做了心理准备，但没想到会体味到如此这般的屈辱。

今天我在中午的三十分钟休息时间里，仰躺在训练场院子的草坪上，眼泪涌了出来。

"芹川，你总是看起来很忧愁呢。"说着，还是之前那个小孩子靠过来。

"那边去！"我说。这严肃的语气让我自己心里都咯噔一

---

① 约翰·克利斯朵夫：《约翰·克利斯朵夫》是法国作家罗曼·罗兰于1912年完成的一部长篇小说，主人公与小说题目同名。该小说描写了主人公奋斗的一生，从儿时音乐才能的觉醒，到青年时代对权贵的蔑视和反抗，再到成年后在事业上的追求和成功，最后达到精神宁静的崇高境界。

下。我的烦恼，岂是你们这种白痴能懂的！

小孩子的名字叫泷田辉夫，据说是以前以帝国剧场女演员而闻名的泷田节子的私生子，父亲是前几年死去的财界巨头 M 氏。十八岁，比我大一岁，但还是个小孩子，近乎一个白痴。但是他演技很厉害，在各种技艺上我都难以望其项背。这人是我的竞争对手，可能是一辈子的敌手也说不定。我总是被和这个白痴比较，然后挨训斥。但是我断然否定这种白痴天才。虽然很笨拙，但没有比煞费苦心的精诚所至更强大的东西了。在春秋剧场，质疑泷田、支持芹川的只有团长市川菊之助一人，其他人都惊愕于我的俗气，我还被取了个"说理家"的堂号。今天从训练场回家的路上，我和大干部泽村嘉右卫门一起走到了市营电车的车站。"你好像每天都在口袋里装着不同的书来的吧。真的在读吗？"他有些轻视地微笑着说道。

我没有回应。在腹中我是这么说的：纪伊国屋①先生，今后的演员，都像您一样是光精通技艺的达人可不行哦。

十天前，市川菊之助带我去了彩虹餐厅，请我吃了顿饭，他一边用叉子追着煮土豆，一边冷不丁地说道："我到三十岁都

---

① 纪伊国屋：歌舞伎家号"泽村宗十郎"及其门下的门弟使用堂号，在此指的是泽村嘉右卫门。

被叫作萝卜。然后，我现在都认为自己是个萝卜。"

我想哭。如果没有那位团长的话，我今天差不多就可能要上吊自杀了。

树立新的艺术道路，万般艰难。箭射不中头部，净射在手脚上了。这是最无法排解的痛苦。一粒芥菜种子，会变成树吗？会变成树吧。

再大写一遍贝多芬的那句话吧。"我愿证明，凡是行为善良与高尚的人，定能因之而担当患难。"

九月十七日。星期日。

阴天、时有下雨。今天休息。昨天我在训练场练习到晚上十一点，头晕眼花，都要在舞台上倒下了。歌舞剧剧场，十月一日是第一天，上演的节目是《助六》①，漱石的《少爷》②，还有《色彩间刈豆》③。

这是我的初舞台。原先我的角色在《助六》里是拿灯笼的，

---

① 《助六》：歌舞伎节目的一个通称，节目名称根据担任主要角色助六的演员而不同。
② 《少爷》：日本近代作家夏目漱石创作于 1906 年的同名中篇小说。这是一部以第一人称叙述的小说，来自东京的主角"少爷"有着典型江户人率真朴实的性情，刚从学校毕业的他，接下了教职而远赴他乡工作，生性莽撞的他却也掀起了前所未有的风波。
③ 《色彩间刈豆》：歌舞伎舞蹈，歌舞伎作者松井幸三作词、三味线演奏者初世清元斋兵卫作曲。

在《少爷》里是中学生，只有这两个。尽管如此，我还是反复勤奋地练习。就算回到家睡觉，我还是会很奇怪地连续做讨厌的梦，一直翻身，因为太过疲惫，反而睡不好觉。

今天早上八点钟，下谷的姐姐打了电话给我。有一件大事，要我和哥哥两人马上去下谷，"了不得了，了不得了"，她一边笑着一边说。怎么了？问了很多遍也不告诉我，只说着"总之快来"。没办法，我就和哥哥两人飞速地吃了饭，然后去了下谷。

"什么事呀？"我这么一说。哥哥说："要我调停夫妻吵架，我是不干的呀。"脸上带有些许不安的神色。

去了下谷，什么事都没有，一家三口都一个劲儿地哈哈大笑着。"小进，你读了今天早上的都市报纸了吗？"姐姐问道。什么事？我还不清楚。麹町没有订都市报纸。

"没有。"

"有一件很重大的事哦。你看！"

是都市报纸周日特辑的演绎栏。我的照片和泷田辉夫的照片放在一起被刊出来了，名字不同了，我的照片上写着市川菊松，泷田上面写着泽村扇之介，带有春秋剧场的两位新人的说明，还有"请多关照"。吃惊了。我想是不是在耍我们。虽然我知道从这次的初舞台开始，我们应该会成为准团员，但是不知道还有这样的艺名。我们没有收到任何通知，反正肯定是胡乱捏造的艺名吧，即便如此也应该和本人稍微商量一下再确定吧，感觉心情很昏暗。但是"市川菊松"这个奇妙的、粗糙的艺名里，藏着团长市川菊之助无言的庇护，在这点上，我暖暖的很开心。市川菊松，不是个好名字吗？像团长的学徒一样。

"终于，"铃冈先生一边笑着一边说，"动真格来了呢。作为祝贺，我们现在去吃中华料理吧。"铃冈先生一说到什么，马上就要去吃中华料理。

"但是弄得这么夸张的话，真是担心呢。"姐姐夫妇以前就知道我的演员志愿，有着些许的担心，也是一种默许的形式。"暂时还是不告诉母亲好点儿吧？"对母亲我从一开始就是绝对保密的。

"当然啦。"哥哥用强硬的语气回答，"早晚会知道的，但是等再稍微精通一点之后，再跟母亲汇报吧。总之这是我的责任。"

"说什么责任嘛，不必考虑得这么严肃。"铃冈很有气魄，"不论演员还是什么，只要认真地做下去就会有一番成绩。十七岁就能每个月拿五十日元的月薪，是一般人都做不到的。"

"三十日元哦。"我更正了他。

"不，三十日元的月薪的话，那加上补贴什么的，就差不多是六十日元了。"他似乎觉得演员和银行职员都是一样的。

铃冈先生夫妇、俊雄君，还有哥哥、我，五个人一起去吃了日比谷的中华料理。大家都高高兴兴、热热闹闹。但我因为昨晚没睡好，一点儿也高兴不起来。练习的地狱一刻也不能从我的脑海中挥之而去，心情很是暗淡。不是因为爱好而在做演员修行，我暗淡的心情，谁都不能懂。"请多关照"吗？啊，一个想大展拳脚的人，为什么必须先委屈自己呢？

市川菊松，很孤独哇。

十月一日。星期日。

秋高气爽。初次登台。我在舞台上拿着灯笼蹲着。观众席是一片又暗又深的沼泽。观众的脸完全看不见，在一片浓厚的蓝色中朦胧地摇动着，不管我的眼睛睁多大，都还是又深邃又青蓝又朦胧。我也听不到一点声音，万籁俱寂，甚至疑惑观众席上是不是没有一个人在。冒着点热气的、深而大的沼泽，令人毛骨悚然，我感觉要被吸进去了，都有点神志不清了，想吐的感觉涌上来。

演完自己的部分，我晕晕沉沉地回到了后台，哥哥和木岛已经在后台了，很高兴。我猛扑上去抱住了哥哥。

"我马上就知道了。哪个是你，马上就知道了。不论怎么乔装打扮，我都知道呢。"木岛兴奋地说道，"我是第一个发现的。马上就看到了。"一个劲儿地说同样的话。

铃冈一家好像也来了，在一等席。"一点点"姑妈带了五个弟子，坐在一楼的看台上。听哥哥这么说，我都要哭了。骨肉亲人，果然很亲啊，我深切地这么觉得。木岛好像大叫了两声："市川菊松！市川菊松！"跟提灯笼的搭话也没意义，只是让我觉得难为情。

"听到我的叫声了吗？"木岛很骄傲地说道。不仅仅是听到了，提灯笼的我在舞台上都要神志不清，眼看就要昏厥过去。哥哥把嘴凑到我的耳边："要不要点寿司送到后台来？"他认真地小声说道，一副深通世故的样子，我都要笑出声来了。

"可以呀。但在春秋剧场不做这样的事。"我这么一说。"好吧。"哥哥不满的神色。

演第二个节目《少爷》的时候，我就比较轻松了，能微弱地听到观众席传来的笑声，但是还是完全看不清观众的脸。

听说习惯之后，不仅能听到观众的笑声，还能清晰听到低声细语和小婴儿的哭声，反而有点吵闹，也能马上知道观众的长相，谁坐在哪里来，但我还不太行。我简直如痴如醉，不，处于生死交界。

我全部演完之后就去了后台泡澡，一想到从明天开始每天都要演出，我就要发疯了，感觉到一种无法忍受的嫌恶。我讨厌，做演员！虽然只有一瞬间这么想，但却有满地打滚般的痛苦。干脆发狂好了，这么想着，那种痛苦突然又消失了，只留下一阵落寞。你们在禁食之时，——十六岁的春天用大字写在日记的卷首上的基督教的句子，在那个时候突然鲜明地显现在脑海里。啊，你们在禁食之时，要梳头洗脸。痛苦谁都有。啊，禁食与微笑共存。至少再努力十年，到那时候再真正愤怒吧。我连一件事物都没有创造不是吗？不，甚至连创造的技术，我都没有掌握。

感觉孤独，但又有一种喝了一口牛奶般的甘甜在体内出现，我出了澡堂。

我去了团长市川菊之助的房间问候。"哎呀，恭喜。"团长对我说。我很高兴。真是容易满足的家伙。在澡堂里的灰暗懊恼，被团长明朗的一句话就吹散得干干净净。

在木挽町踏上初舞台，可能是作为演员最受恩惠的出发。你很幸福，我对自己说道。

以上就是我光荣的初舞台记。

回到家，一直到凌晨一点，我都和哥哥入迷地聊着天体。为什么开始聊这个，我自己也不清楚。

十一月四日。星期六。

晴天。现在在大阪。中剧场①。演出节目是《劝进账》②《歌行灯》③《红叶狩》④。

我们的住处在道顿堀的正中间，一个叫布袋屋的、很潮湿的情人旅馆。六块草席两个房间，我们七个人在此起居。但是绝不会堕落！

有人嘲讽说，市川菊松好像是圣人。

---

① 中剧场：位于大阪市中央区的大型剧场。
② 《劝进账》：歌舞伎十八番之一。剧本描写源氏灭了平氏之后，取得了政权的源赖朝，又要除掉对他立下过功劳的兄弟源义经。义经被迫与他的家臣弁庆化装成诸国化缘的僧侣逃走。他们逃到安宅时，为源赖朝的守将所怀疑。沉着、刚毅而机智的弁庆将通关的证件假作化缘簿，高声朗读，解除守将的怀疑，又用鞭挞义经的办法，证明义经是他的从者。守将虽有所察觉，但为弁庆的苦衷所感动，终于放走了义经。
③ 《歌行灯》：作者是日本小说家泉镜花。该书主要讲述了同为京城著名能乐艺人弥次郎兵卫和他儿子在数年前前往桑名挑战当地出名的能乐高手——盲人按摩师宗山，导致宗山自缢，最后真相大白的故事。
④ 《红叶狩》：竹本、长歌、常盘津的三首乐曲伴奏的舞蹈。

十一月十二日。星期日。

下雨。不好意思，今晚大醉了。大阪真是个讨厌的地方。我在非常寂寞的道顿堀，在那个昏暗的"弥生"酒吧里喝了酒，很久没有这么醉了，就算醉了，我也装模作样。"从年轻时就要保护自己的名誉！"

扇之介，真是愚劣，就算醉了也极尽丑态，然后在回去的路上，小声对我说了很无耻的话。我笑着拒绝以后，扇之介说："我很孤独。"

我吃惊到话都讲不出来。

十二月八日。星期五。

太阳出来了，还是下雨了？我不清楚。始终都是想哭的心情。我在名古屋。

我想早点回东京。巡回演出，我已经厌烦了。什么都不想说，什么都不想写，我只是被硬拉着在活着。

关于性欲，我不知道任何本质上的意义，只知道具体的事，这太羞耻了，跟狗一样。

十二月十七日。星期三。

晴天。名古屋的公演也结束了，今晚七点半到达东京站。走过大阪、名古屋，时隔两个月回到了东京，东京已经是腊月了。我也改变了。哥哥到东京站来接了我，看着哥哥的脸，我只是心跳得很快。哥哥沉稳地笑着。

我认识到我和哥哥已经明显地住在了不同的世界。我是晒黑了的生活人，已没有浪漫主义，是青筋暴起的、坏心眼的现实主义者。改变了呀。

戴着黑色的呢子礼帽、穿着西装的少年，夹着有香粉气味的包，走在东京站前的广场。这就是从那个十六岁的春天开始反复痛苦到最后的结果，是扑簌簌化作一粒结晶落下的珍珠的样子。那长久的苦恼，在清算之时，呈现的是这小小的、看起来有些寒冷的身姿。擦肩而过的人不会意识到我在这两年间的非凡努力。"竟然没有死去、没有发狂，坚持过来了"，虽然我这么想着，但其他人只会蹙起眉头说，那个业余的孩子终于沦落为演员了。艺术家的命运，向来如此。

有没有人愿意在我的墓碑上刻下这么一句话：

"他最喜欢的，是让人们高兴！"

这就是我从出生开始的宿命，选择了演员这一职业也完全是为了这个宿命。啊，我想成为日本第一，不，世界第一的著名演员！这样就能让大家，特别是贫苦的人们高兴到陶醉。

十二月二十九日。星期五。

晴天。春秋剧场，岁末的大会。我当选了企划部委员，是负责脚本选定及参与剧场方针审议的干部直属委员。我感到责任重大。

还有，会上也决定了正月二日的广播放送——《学徒之神》①的朗读由市川菊松一人完成。这似乎是两个月的巡回演出中我的奋斗被认可了的结果。但我绝不能骄傲自满。

一心摆出聪明相的人，却往往愚蠢至极。（拉罗什福科②）

我会认真地努力下去。从今往后，单纯而正直地行动吧。不知道的就说不知道，做不到的就说做不到。舍弃了矫揉造作，人生之途似乎会变得意外平坦。在岩石之上，建造一间自己的小房子吧。

正月的时候，我决定最先去斋藤老师家里拜年。我感觉这

---

① 《学徒之神》：日本作家志贺直哉（1883—1971）的短篇小说。
② 拉罗什福科：法国古典作家、著名思想家，代表作品《道德箴言录》，此句亦出自该书。

次他会见我。

我，明年，十八岁。

异果奇花香扑面　气定神闲非我愿

不惧崎岖行险道　志存千里任逍遥

　　　　　　　——赞歌诗第三百一十三

时间宝贵，我们只读好书。

和风译丛·太宰治系列推荐

本书创作于第二次世界大战期间。在战争硝烟的笼罩下，作者一家人不得已进入狭小的防空洞中躲避空袭。父亲为了安抚躁动不安的小女儿，将日本传说进行改编并讲给女儿听，于是便有了《御伽草纸》这本传世经典。

"人生总是在上演着这样的故事，这就是所谓的人性悲喜剧。"太宰治根据《去瘤》《浦岛太郎》《舌切雀》等耳熟能详的日本传说故事进行改编，表现出对人性和现实命运的反思，但在风格上却一改往日的沉郁颓废，转为轻松平和，《御伽草纸》是太宰治笔下少有的温情之作。

此外，本书中还收录《竹青》与《维庸之妻》。

根据日本现实主义之父井原西鹤的作品改编，同时注入太宰治的人生哲学，这是两位日本文学家的一次跨时空"合作"。太宰治借西鹤之口揭露现实、剖析人性，在战火下仍然笔耕不辍，为的是在乱世中仍然能使文学精神得到传承。

本书作品多描述市民生活中的奇闻异事，从小人物着笔，折射出日本社会的喜怒哀乐，趣味十足而又发人深省。是选择追名逐利还是坚守本心？这是作者留下的问题。至于问题的答案，则需要读者在人生之中探寻。

时间宝贵，我们只读好书。

和风译丛·太宰治系列推荐

　　津轻是太宰治的故乡，他短暂人生中的前二十年都在这里度过。可以说，是津轻成就了如今的太宰治；而当太宰治重游故园时，他也找回了久违的温暖。本书不仅是一部描写津轻风土人情的优秀作品，而且具有极高的文学价值。阅读此书，或许可以让我们通过太宰治的成长之路，得到前所未有的精神力量。

　　《春天的盗贼》收录了《春天的盗贼》《俗天使》《新哈姆莱特》《女人的决斗》《女人训诫》等太宰治的小众作品，题材丰富，表现形式多样，每一篇作品都展现出了太宰治出众的洞察力和文学才能，同时也让我们在阅读中窥见太宰治内心的挣扎和对美与善的一丝希望。

和风译丛·太宰治系列推荐

战争时期，太宰治将笔触转向历史传奇，并创造出乱世中的一方净土。本书收录了太宰治为人称颂的翻案杰作《右大臣实朝》《追思善藏》等，是研究太宰治文学风格和艺术水平的重要参考。太宰治用其对情节独特的处理手法，为传统作品注入了新的价值。在明暗意向的交织下，展开了一幅描绘人性的画卷。

不论身处何等黑暗之境，内心深处一定会有不灭的希望，太宰治即是如此。总是给人留下颓废、消极印象的太宰治，心中也有柔软的一面。他在逆境之中寻求生命的意义，并鼓励读者勇敢地追寻梦想，保持善良和美好的人性，满怀信心地迎接每一天。《归去来》中收录太宰治数篇真心之作，是太宰治彼时心境的真实写照，也是他留给后人的宝贵精神财富。

时间宝贵，我们只读好书。

和风译丛·太宰治系列推荐

　　《古典风》收录了太宰治的日常随笔、短篇小说、散记等。题材丰富，形式多样，展现出太宰治在文学领域的多种探索，并在其中融入了太宰治自身对于人生的感悟。这些作品的问世打破了大众对太宰治"忧郁、堕落"的刻板印象，逐渐认识到他作为一个普通人所具有的丰富情感。想要了解真实的太宰治吗？那你一定不能错过这本《古典风》。

　　"我一定会战胜这个世界的！"这是主人公芹川的宣言，少年总要经历挫折和磨难才能成长，而他们身上最宝贵的便是勇气与希望。芹川的故事正是每一位青少年的真实写照，即使遭遇挫折、经历失意，也不会停下勇往直前的脚步，这才是青春的意义。

　　《正义与微笑》语言细腻，风格明快，真实地再现了一个正值青春的少年在面临人生选择时的心理变化。一反往日作品的"颓废、压抑"之风，展现出太宰治积极向上的一面。

只读

时间宝贵，我们只读好书。

—和风译丛—

只读

时间宝贵，我们只读好书。